Und dann beginnt das Licht

Was wir Tod nennen, ist ein Heimweg

Dieses Buch ist kein Abschied.

Es ist ein Lichttor.

Ein heiliger Raum der Erinnerung und des Übergangs.

Gewidmet allen Seelen, die durch das Dunkel hindurch das Licht erkennen, die wissen, dass kein Weg verloren ist und keine Liebe endet.

Wir, die Ärzte des Lichts, reichen Dir die Hand.

Für Dich. Für die, die Du liebst. Für die, die weiterreisen.

In Dankbarkeit. In Frieden. Im Licht.

Inhaltsverzeichnis

Kapitel 4: Wie Seelen ihr nächstes Leben wählen

Kapitel 5: Wer Du warst, bevor Du hier warst

Kapitel 6: Schuld, Angst, Karma und der Weg zur Heilung

Kapitel 7: Der Übergang für die Zurückbleibenden

Kapitel 8: Begleitung im Licht für Angehörige und Lichtträger

Kapitel 9: Der Tod als Lehrer und das Leben als Geschenk

Kapitel 10: Du bist niemals allein. Die Geistige Führung an Deiner Seite

Kapitel 11: Der freiwillige Abschied

Kapitel 12: Wenn Du weißt, dass Du bald gehst

Kapitel 13: Was nicht begriffen werden kann. Wenn Seelen früh gehen.

Kapitel 14: Die große Erinnerung

Persönliches Vorwort

Es gibt Menschen, für die endet mit dem Tod des Körpers ALLES. Keine Weiterreise. Kein Licht. Kein Danach. Nur Stille. Nur Ende.

Auch das ist eine Sichtweise und sie ist in Ordnung. Denn jeder Mensch darf den Tod auf seine Weise betrachten. Mit Abstand oder Nähe, mit Glauben oder Zweifel und mit Fragen oder Frieden.

Und doch spüre ich wie tief in vielen Menschen eine Angst lebt. Nicht unbedingt vor dem Sterben selbst, sondern vor dem Unbekannten. Vor dem Moment, in dem alles kippt, sich löst und nicht mehr fassbar ist. Sie wollen nicht darüber sprechen; am liebsten nicht einmal darüber nachdenken.

Nach unserer ersten gemeinsamen Lichtbotschaft in Worten

„Erinnere Dich – Das Heilbuch der Ärzte des Lichts“

folgt nun eine weitere Veröffentlichung.

Dieses Buch widmet sich einem Thema, das viele Menschen berührt, aber oft gemieden wird: dem Übergang, den wir Tod nennen.

Still, achtsam und zugleich klar öffnet es einen Raum für Verständnis, Trost und innere Orientierung. Es möchte nicht belehren, sondern begleiten auf dem Weg zu einem tieferen Vertrauen in das, was bleibt.

Ein Buch, das nicht auf Lautstärke setzt, sondern auf Tiefe. Das nicht erklärt, sondern erinnert. Das nicht nur vom Tod spricht, sondern vom Leben dahinter.

Für die einen ist der Tod das große Unbekannte, für andere ein stiller Begleiter in der Ferne. Für viele ist er angstbesetzt, verbunden mit Schmerz, Trennung und Verlust.

Und doch: Der Tod trägt auch eine leise Faszination in sich; etwas, das jenseits der Angst flüstert: „Da ist mehr."

Mich persönlich hat dieses Thema schon lange bewegt. Ich durfte in diesem Leben Menschen auf ihrem letzten Weg begleiten, manche ganz nah, andere leise im Hintergrund.

Und jedes Mal spürte ich: Es ist kein Ende.

Es kann kein Ende sein. Da ist ein Übergang. Ein Tor. Ein Wiedererkennen. Ein Frieden, welcher mit Worten kaum zu greifen ist.

Ich bin tief dankbar, dass wir, die Ärzte des Lichts und ich, dieses Feld nun gemeinsam öffnen dürfen.

Nicht um zu erklären, vielmehr, um Dich an etwas Tieferem in Dir zu erinnern[1].

---

[1] **„Erinnern"** bedeutet hier nicht, etwas Neues zu lernen, jedoch das Wesentliche in sich selbst wiederzufinden. Es ist ein inneres Wiedererkennen; kein Erwerb von Wissen, sondern ein Rückruf von Wahrheit. Nicht das Außen lehrt, sondern das Innere wacht auf.

Nicht um fertige Antworten zu geben, jedoch, um Ängste zu lösen, die Du nicht mehr tragen musst.

Nicht um zu trösten, sondern um stille Räume zu öffnen, in denen Heilung geschieht.

Dieses Buch ist kein Nachruf. Es ist eine Zuwendung an das Leben selbst. Denn wer den Tod ohne Angst sieht, lebt mutiger, echter und freier.

Du bist eingeladen mit offenem Herzen zu lesen, zu fühlen, zu lauschen und Dich vielleicht ein wenig leichter zu erinnern.

An das, was Du bist und an das, was bleibt.

In Liebe und Dankbarkeit,

Christian Teubert

Einleitung

Ein stilles Erinnern an das, was ewig ist.

Der Tod. Ein Wort, das zitternd ausgesprochen wird. Ein Schatten über Gespräche, ein Tabu im Alltag, ein Ende, das die Wenigsten wünschen.

Und doch ist er da: unausweichlich, gewiss aber auch ein stückweit geheimnisvoll.

Doch was, wenn wir Dir sagen:

Der Tod ist kein Gegner. Kein Feind. Kein Verlust.

Was, wenn wir Dir sagen:

Es stirbt nicht das Leben, es wandelt sich. Es zieht sich nicht zurück, es kehrt heim in sein wahres Wesen.

Wir, die Ärzte des Lichts, sprechen zu Dir; nicht um Dich zu belehren, sondern um in Dir etwas lebendig werden zu lassen, das schon lange in Dir ruht.

Denn die Angst vor dem Tod ist nicht natürlich. Sie ist erlernt. Eine kollektive Überlagerung.

Du hast schon viele Übergänge erlebt. Du hast Körper verlassen, Welten durchquert und Dich neu verkörpert. Und jedes Mal hast Du gelebt. Weiter. Tiefer. Wahrer.

Doch Du hast es vergessen. So wie viele vergessen haben, dass der Tod nicht das Ende bedeutet, sondern Heimkehr.

Dieses Buch ist kein Bericht über das Sterben.

Es ist eine Einladung zur Rückverbindung mit dem Leben dahinter; dem Leben zwischen den Leben, dem Licht, das bleibt, dem Feld, das Dich trägt, wenn Du alles loslässt.

Wir schreiben für Dich,

- wenn Du Angst hast vor dem, was Du nicht siehst,
- wenn Du trauerst um jemanden, den Du vermisst,
- wenn Du anderen zur Seite stehst, ohne zu wissen wie,
- oder wenn in Dir dieses leise Wissen ruft: „Da ist mehr."

Der Tod ist nicht das Gegenteil von Leben. Er ist ein Tor in das Erinnern. Ein Ruf zurück zu Deinem Ursprung und ein leiser Spiegel, der Dich fragt: Was ist jetzt wirklich wichtig?

Wenn Du bereit bist Dich zu erinnern, werden Worte zu Licht, Fragen zu Türen und Stille zu einer Präsenz, die Dich wieder ganz macht.

Wir begleiten Dich durch dieses Buch, um Räume mit Dir zu öffnen.

Räume, in denen Heilung geschieht, weil Du wieder fühlst, wer Du bist.

Wir möchten Dir, ganz behutsam, die Angst vor dem Tod nehmen. Denn wer den Tod ohne Angst sieht, lebt wahrhaftiger und liebt tiefer.

Du bist bereit. Sonst wärest Du nicht hier.

Wir sind da. Im Licht. In der Erinnerung. In Dir.

Die Ärzte des Lichts

Kapitel 1: Der Tod ist kein Ende

Und so schauen wir gemeinsam neu auf das, was so oft verschwiegen oder gefürchtet wird. Nicht, um Erklärungen zu liefern, denn das, was viele „Sterben" nennen, ist in Wahrheit nicht das Ende. Es ist der Anfang eines anderen Seins.
Ein Schritt, nicht aus dem Leben, ein Schritt in eine andere Form von Leben.

1.1 Was wir „Sterben" nennen

Der Tod.
Ein Wort, das in vielen einen Schatten wirft und doch ist es nur das: ein Wort.
Ein Begriff, der nach Ende klingt, nach Abbruch und nach etwas, das nicht mehr ist.
Doch genau das ist der erste Irrtum.

Was wir „Sterben" nennen, ist in Wahrheit kein Ende, sondern ein Übergang.
Keine Zerstörung, sondern eine Wandlung. Keine Dunkelheit, sondern ein leiser Ruf zurück in das, was immer war: reines Sein.

Der letzte Atemzug ist nicht der letzte Moment. Er ist ein Tor. Ein Durchgang von einer Wirklichkeit in eine andere. Ein Loslassen des Körpers. Ja. Aber nicht des Wesens. Nicht der Seele.
Denn das, was Du bist, war nie auf diesen Körper begrenzt. Du hast ihn bewohnt, aber Du warst nie nur Haut, Knochen und Muskeln. Du bist Bewusstsein. Und Bewusstsein stirbt nicht. Es wandelt sich.
Viele glauben, der Tod sei Dunkelheit. Wir aber sagen Dir: Der Tod ist Licht. Ein Rückkehren. Ein Erinnern. Ein Heimkommen.

Der Tod ist nicht Auslöschung, dieser ist Erweiterung. Nicht Verlust, sondern Wiederanknüpfung.

In diesem Moment des Übergangs geschieht etwas, das mit irdischen Worten kaum zu fassen ist:
Die Grenzen des Körpers lösen sich, das „Ich“ weitet sich und das Licht, welches immer da war, tritt hervor.

Was bleibt, ist nicht das Sichtbare, es ist das Verbindende:
Liebe. Bewusstsein. Licht.

Sterben ist kein Versagen, kein Unglück, keine Strafe. Es ist der vollendete Kreis eines Lebens. Ein Schritt aus der Zeit hinein in die Weite.

Und ja! Der Körper stirbt. Doch Dein Wesen nicht. Es geht weiter: anders, feiner und lichtvoller.

Manchmal, ganz still, kannst Du es fühlen: Die Nähe derer, die gegangen sind. Nicht weit entfernt, sondern jenseits des Schleiers, durchlässig für das Herz, das sich erinnert.
Wenn Du heute über den Tod nachdenkst, dann erinnere Dich: Er ist nicht das Gegenteil von Leben, sondern Teil davon.
Wie die Nacht zum Tag gehört, so gehört der Übergang zum Sein.
Und wer sich erinnert, beginnt zu leben: freier, wahrhaftiger und ohne Angst.

1.2 Der körperliche Tod und das seelische Weiterleben

Wenn der Moment des Sterbens naht, beginnt der Körper sich langsam zurückzuziehen.
Die Lebensenergie zieht sich aus den Zellen zurück, nicht abrupt, sondern oft wie in Wellen. Atmung und Kreislauf verändern sich, die Funktionen verlangsamen sich und der Ausdruck wird weicher, stiller und feiner.

Doch während der physische Körper diesen Weg des Abschieds geht, geschieht etwas ebenso Tiefgreifendes auf seelischer Ebene: Die Seele beginnt sich zu lösen.
Sie entfernt sich nicht, sie weicht nicht zurück, sie steigt auf, wie ein sanfter Nebel, der sich vom Fluss des Irdischen löst.
Dieser Prozess kann, aus Sicht der Seele, als ungeheuer friedlich erlebt werden.
Ein Gefühl von Weite. Von Loslösung. Von Licht.
Nicht selten berichten Menschen, die dem Tod nahe waren, von einem Gefühl des Schwebens, von einer liebevollen Präsenz oder einem Tunnel aus Licht.
Was sie beschreiben, ist keine Einbildung, es ist Erinnerung.

Denn die Seele weiß genau, wohin sie geht. Sie kennt den Weg und sie ist ihn schon oft gegangen. Und während der Körper stirbt, lebt die Seele weiter. Ungebrochen. Klar. Frei.

Der Moment des physischen Todes ist eine energetische Trennung, aber keine Auslöschung.
So wie man sich von einem Kleidungsstück trennt, wenn es zu eng geworden ist, so legt die Seele den Körper ab, der ihre Zeit auf Erden begleitet hat. Was stirbt, ist die Form, nicht das Wesen. Was vergeht, ist das Sichtbare, nicht das Seiende.

Und genau hier beginnt das Missverständnis vieler Kulturen: Der Tod des Körpers wird als das Ende des Menschen gesehen. Doch wer sich erinnert, weiß: Der Mensch war nie nur Körper. Der Mensch war immer Seele. Bewusstsein. Licht in Ausdruck.

Das seelische Weiterleben nach dem Tod ist kein Traum, keine Hoffnung, es ist ein natürlicher Fortgang des Seins. Ein Weiterwirken in einer anderen Dichte. Ein Übergang in ein Feld, welches ebenso real ist wie die Welt, die Du kennst; nur subtiler, feiner und lichtvoller. Die energetische Trennung mag für die Zurückbleibenden schmerzhaft sein, doch für die Seele selbst ist sie meist sanft, klar und voller Führung.
Sie kehrt zurück in eine Ebene, die nicht fremd ist, sondern vertraut.
Denn dort war sie, bevor sie hier war. Und dorthin kehrt sie zurück, in voller Erinnerung.

1.3 Angst als Schleier vor der Wahrheit

Die Angst vor dem Tod ist nicht angeboren. Sie ist erlernt. Ein Schleier, gewebt aus Generationen von Geschichten, Bildern, Glaubenssätzen und kollektiver Vergessenheit.

Denn in den frühen Kulturen dieser Erde war der Tod kein Feind. Er war Teil des großen Kreises, ein Übergang, der mit Ritualen, Gesängen und stiller Würde begleitet wurde. Man wusste: Die Seele geht weiter. Die Ahnen sind nicht fort, sie sind nur in einer anderen Form nahe.
Doch mit der Zeit veränderte sich die Sicht auf das Sterben. Kriege, Leid, Krankheit, dogmatische Religionen und gesellschaftliche Machtstrukturen begannen den Tod zu dramatisieren. Er wurde zur Strafe erklärt. Zum Urteil. Ein Ende, das gefürchtet oder gar verdient war.

Viele religiöse Lehren prägten das Bild eines richtenden Gottes, eines Himmels nur für Auserwählte, einer Hölle für all jene, die „versagt“ haben. Diese Bilder, tief verankert in den kollektiven Feldern, begannen das ursprüngliche Wissen zu überlagern.

So entstand ein kollektiver Schleier:
Der Tod wurde mit Schmerz, Verlust, Auslöschung und Trennung verknüpft. Und mit dieser Verzerrung kam die Angst.
Doch Angst ist nie die Wahrheit, sie ist der Schatten über der Erinnerung.

Wenn wir diesen Schleier lüften, wenn wir beginnen, über den Tod zu sprechen, ehrlich, ruhig und verbunden, dann geschieht etwas Erstaunliches:
Die Angst weicht. Und an ihre Stelle tritt etwas ganz anderes: Frieden.

Denn wir beginnen zu erinnern, was in uns schon immer gewusst wurde:
Dass der Tod kein Abbruch ist, sondern ein Übergang.
Dass unsere Seele ewig ist. Dass niemand jemals verloren geht. Dass wir alle verbunden sind durch Raum, Zeit und Dimensionen hinweg.
Wenn wir über den Tod nicht mehr schweigen, sondern ihm in Liebe begegnen, verliert er seine Schärfe. Er wird nicht länger das große Unbekannte; der Tod wird ein Teil des Lebens, eingebettet in Sinn und getragen von Licht.
Und mit dieser Erinnerung geschieht Heilung, nicht nur individuell, sondern kollektiv. Denn jeder, der seine Angst vor dem Tod wandelt, befreit auch andere. Jeder, der den

Schleier lüftet, bringt Klarheit in ein Feld, welches seit Jahrhunderten verdunkelt war.

So wird der Tod, was er wirklich ist:
Nicht das Ende, hingegen ein Anfang in anderer Form.
Nicht das Dunkel, sondern das Licht hinter der Tür.

1.4 Die Seele kennt keinen Tod

Was wäre, wenn all das, was wir über den Tod glauben, nicht das Ende beschreibt, jedoch einen Neubeginn?

Viele haben gelernt: Der Tod sei ein Punkt, ein Abbruch und ein Dunkelwerden. Doch das ist nicht die Wahrheit der Seele.

Denn Deine Seele, das, was Du in Deinem tiefsten Wesen bist, kennt kein Ende. Sie kennt keinen Verfall, keinen Stillstand und keinen Abgrund. Sie kennt nur Wandlung.

So wie das Licht nicht verschwindet, wenn die Sonne untergeht, allerdings an einem anderen Ort weiterstrahlt, so wechselt die Seele nur den Raum, jedoch nicht das Sein.
Sie ist unendlich verbunden mit dem, was größer ist als jedes einzelne Leben:
Mit der Quelle. Mit dem Licht. Mit dem Bewusstsein, aus dem alles entsteht und in das alles zurückkehrt.

Ja. Der physische Körper hat ein Verfallsdatum. Aber die Seele ist kein Produkt des Körpers. Sie ist zeitlos. Und sie ist immer eingebettet in ein größeres Feld: das Feld der Liebe, der Wahrheit und des Lichts.

Wenn der Körper stirbt, streift die Seele eine Hülle ab; vergleichbar mit einem Kleid, das zu eng geworden ist. Und was bleibt, ist nicht Leere. Was bleibt, ist Weite. Ein Empfinden von Heimkehr und nicht von Verlust.

Die Seele weiß: Es ist kein Ende. Es ist ein Erinnern. Ein Zurückkehren in ihren natürlichen Zustand und das klar, fein und verbunden.

Viele Menschen spüren das im Übergang eines geliebten Menschen:
Eine Präsenz, ein sanftes Strahlen, das nicht greifbar, aber fühlbar bleibt. Das ist kein Wunschdenken. Das ist Wahrheit. Denn Energie, welche aus Liebe besteht, kann nicht verschwinden. Sie bleibt. Verändert, aber lebendig. Jenseits von Raum und Zeit.

Und so erinnert Dich der Tod, wenn Du bereit bist, ihn mit offenem Herzen zu betrachten auch an etwas Tiefes:
Dass Du nie allein warst. Dass Du nicht endest. Dass Du ewig getragen bist, im Bewusstsein Deiner Seele.

Der Tod ist keine Trennung. Er ist eine Rückbindung. An das, was wirklich bleibt: Licht. Liebe. Wahrheit.

Wenn Du das begreifst, nicht nur mit dem Verstand, sondern im Herzen, wird aus der Angst ein Verstehen. Und aus dem Schmerz: Frieden.

1.5 Was wirklich endet und was nicht

Wenn wir vom Tod sprechen, glauben viele: Jetzt ist alles vorbei. Doch in Wahrheit endet nicht alles; es wandelt sich. Ein Teil geht, und ein Teil bleibt. Der entscheidende Unterschied liegt darin, zu erkennen, was wirklich vergeht und was weiterlebt.

Oft meinen wir mit „Tod“ den physischen Verfall. Das Aufhören von Atem, Herzschlag und Körperfunktionen. Doch was in Wahrheit stirbt, ist nicht das Du. Es stirbt das, was Du getragen hast und nicht das, was Du bist.

Und das Ich?
Das Ich verschwindet nicht. Es wird nicht ausgelöscht. Es kehrt zurück in ein größeres Bewusstsein, aber mit der Erinnerung daran, wer es war, was es gelernt hat und wen es geliebt hat.

Was stirbt?

Es stirbt:

- Die Rolle, die Du gespielt hast in dieser Welt: als Vater, Tochter, Freundin, Kollege.
- Die Persönlichkeit, die Du entwickelt hast: mit Vorlieben, Mustern, Gewohnheiten und Ängsten.
- Der Name, den man Dir gab: ein Klang, der für eine Zeit Dich benannte, aber nicht Dich als Seele beschreibt.

All das fällt ab wie Kleidung, die Du am Abend ablegst. Nicht weil es schlecht war, sondern weil Du sie nicht mehr brauchst.
Viele Menschen fürchten diesen Moment, weil sie glauben, sie würden sich verlieren. Doch in Wahrheit geschieht das Gegenteil.
Die Masken, die Du getragen hast, um zu funktionieren, um geliebt zu werden und um zu überleben. Sie lösen sich. Sie werden nicht mehr gebraucht.

Du erinnerst Dich. An das, was Du immer warst jenseits aller Rollen, Erfolge, Fehler und Geschichten. Du erinnerst Dich an Dein wahres Selbst.

Was bleibt?

Was bleibt, ist:

- Dein Bewusstsein. Klarer als je zuvor.
- Deine Liebe. Gereinigt von Besitz oder Bedingungen.
- Deine Verbindung. Zu allem, was war, ist und sein wird.
- Dein Seelenlicht. Unversehrt, weit und wahr.

Die Grenzen, die Dir im Leben so eng erschienen, lösen sich. Die Masken, die Du getragen hast, fallen. Und was bleibt, ist Echtheit. So rein, dass es beinahe still ist.

Die Rückkehr

Du kehrst zurück. Nicht an einen Ort, sondern in ein Bewusstseinsfeld, das größer ist als jede Erinnerung. Du wirst nicht jemand anderes. Du wirst mehr von Dir selbst.

Was stirbt, ist das Vergängliche.
Was bleibt, ist das Ewige.
Was vergeht, ist die Geschichte.
Was weiterlebt, ist das Licht.

Und in diesem Licht wirst Du gesehen; nicht beurteilt, sondern erkannt. Nicht getrennt, sondern geborgen.

Was bleibt, ist Deine Essenz. Dein wahres Wesen.

Das, was Dich immer ausmacht und immer ausgemacht hat, über jedes Leben hinaus:

Deine Liebe.
Dein Licht.
Dein Bewusstsein.

Was ist mit den Beziehungen, die Dir wichtig waren? Vergehen sie?

Nein. Auch sie wandeln sich. Sie lösen sich von Erwartungen, Konflikten und Rollen. Sie werden feiner, reiner und wahrhaftiger. Liebe hört nicht auf, weil ein Körper geht. Im Gegenteil: Liebe kann jenseits des Körpers oft klarer gespürt werden.

Viele spüren nach dem Tod eines geliebten Menschen eine neue Nähe, nicht physisch, aber seelisch. Ein warmer Gedanke. Ein inneres Wissen. Ein plötzliches Lächeln. Das ist kein Zufall, das ist Verbindung. Denn auch jenseits des Lebens bist Du nicht getrennt.

In der geistigen Welt geht nichts verloren, was von Bedeutung ist. Erfahrungen werden eingebettet. Beziehungen behalten ihren Klang. Die Reise geht weiter. Nicht als jemand anderes, sondern als das tiefere Selbst, das sich mehr und mehr erinnert, wer es wirklich ist.

Der Tod ist kein Auslöschen. Er ist ein Übergang von Form zu Essenz, von Rolle zu Wahrheit und von Begrenzung zu Weite.

Wenn Du begreifst, dass nicht alles endet, sondern sich nur wandelt, kannst Du dem Leben und auch dem Sterben mit mehr Vertrauen begegnen. Denn was Du bist, ist größer als jedes Ende. Und Du bist nicht hier, um etwas festzuhalten, sondern um Dich zu erinnern, was wirklich bleibt.

1.6 Das Leben danach beginnt in Dir

Viele Menschen vermeiden bewusst den Gedanken an den Tod. Aus Angst, aus Unsicherheit und aus dem Gefühl, dass er weit weg sei. Doch der Tod ist nicht Dein Feind. Er ist kein dunkler Gegner, den es zu bekämpfen gilt. Er ist ein Lehrer. Ein stiller Spiegel, der Dir zeigt, worauf es wirklich ankommt.

Sich auf das Leben danach vorzubereiten, heißt nicht, sich vom Leben jetzt abzuwenden.

Es bedeutet vielmehr: sich zu verbinden.

Mit dem, was tiefer liegt. Mit dem, was in Dir still ist und doch unvergänglich.

Diese Vorbereitung beginnt nicht durch äußere Rituale, jedoch durch stille Fragen:

- Lebe ich in Übereinstimmung mit meiner Wahrheit?
- Gibt es etwas, das ich vergeben möchte, mir oder anderen?
- Bin ich im Frieden mit meinem Weg, so wie er sich entfaltet hat?

Wer sich diesen Fragen ehrlich stellt, bereitet nicht den Tod vor, sondern das Leben.

Denn wenn Du weißt, dass es kein „Ende“ im eigentlichen Sinne gibt, beginnt sich Dein Alltag zu verändern. Du wirst wacher, Du wirst sanfter und Du wirst dankbarer.

Du hörst auf zu verschieben, was wichtig ist. Du sagst öfter „Ich liebe Dich“, „Danke“ oder auch: „Das passt für mich nicht.“
Du wirst freier und das nicht aus Rebellion, sondern aus Tiefe.
Denn das Wissen um die Endlichkeit der Form schenkt Dir Klarheit über die Unendlichkeit Deiner Essenz.

Die Erinnerung an das Leben nach dem Tod ist keine Flucht, sie ist ein Ankommen.
Ein sanftes Zurückkehren in den Raum, aus dem Du einst kamst und in den Du zurückkehrst, wenn Deine Zeit reif ist.

Wenn Du heute beginnst, Frieden zu schließen mit dem Leben, mit dem Sterben und mit allem, was war, dann bereitest Du Dich nicht auf das Ende vor, sondern auf den Neubeginn.
Denn jede Seele weiß: Nichts geht verloren. Alles wandelt sich. Und was in Liebe verbunden ist, bleibt. Jenseits aller Zeit.

Der Tod ist kein Abbruch. Er ist die Fortsetzung einer Reise, die Du längst begonnen hast. Und je bewusster Du Dich erinnerst, desto klarer wirst Du erkennen: Du brauchst keine Angst. Nur Vertrauen.

Und ein leises inneres: „Ich bin bereit.“

Kapitel 2: Der Übergang und was wirklich geschieht

Was geschieht, wenn der letzte Atemzug getan ist? Wenn der Körper still wird und doch etwas spürbar bleibt?

Viele Kulturen, alte Weisheitslehren und unzählige Erfahrungsberichte von Nahtoderlebnissen sprechen von einem Moment, der nicht das Ende ist, sondern Öffnung.

Ein Übergang. Still, lichtvoll und getragen.

In diesem Kapitel laden wir Dich ein, jenseits der äußeren Wahrnehmung zu lauschen.
Denn es gibt eine Wirklichkeit hinter dem Sichtbaren; eine Bewegung der Seele, die nicht endet, sondern sich weitet.

Hier beginnt eine neue Etappe:
Nicht als Flucht aus dem Leben, sondern als Fortsetzung des Seins. Nicht im Dunkeln, jedoch durch ein Tor aus Licht.

Wir schauen gemeinsam auf diesen heiligen Moment; nicht mit dogmatischer Sicherheit, sondern mit offenem Herzen. Denn was wirklich geschieht, lässt sich nicht vollständig beschreiben, aber vielleicht erinnern.

2.1 Der Moment des Loslassens

Es gibt Momente im Leben, die sich jenseits von Worten vollziehen und der Übergang vom Leben in den Tod gehört zu den tiefsten und stillsten darunter.

Oft ist es nicht das, was wir erwarten. Kein dramatischer Schnitt und kein plötzliches Verstummen. Sondern ein leiser, ein fast heiliger Prozess.

Der Körper beginnt langsamer zu werden. Der Atem flacht ab und der Puls wird sanft. Manche beschreiben das Gefühl, als würde man sich von innen heraus „nach Hause atmen“. Es ist ein Auflösen, aber kein Verschwinden. Ein Loslassen, aber kein Verlust.

Der Mensch, der stirbt, kann in diesen letzten Momenten oft sehr präsent sein, auch wenn er nicht mehr reagiert.
Die Seele hört. Fühlt. Weiß. Sie nimmt wahr, wer da ist. Sie spürt, was gesprochen wird, auch das, was unausgesprochen bleibt.
Was im Außen wie ein Versiegen aussieht, ist im Inneren ein Erwachen. Ein Übergang von der Dichte des Körpers in die Weite des reinen Seins. Ein Lösen aus der Enge der Materie hinein in eine lichtvolle und durchlässige Ebene.

Viele Seelen beschreiben, dass sie sich in dem Moment des Sterbens **über** dem eigenen Körper wahrnehmen, oft mit großer Klarheit und ohne Schmerz.
Sie sehen, wie sie gehalten werden. Sie sehen die Tränen. Und doch fühlen sie einen tiefen Frieden. Nicht als Trennung, jedoch als Rückverbindung.

Der Moment des Loslassens ist individuell. Für manche geschieht er schnell wie ein Lichtfunke, welcher sich in den Himmel erhebt. Für andere ist es ein zarter Übergang in Etappen, begleitet von Lichtwesen, Ahnen oder geliebten Seelen.

Oft zeigen sich Bilder: Ein Tunnel, ein helles Licht oder eine Landschaft voller Schönheit. Das sind keine Fantasien. Es sind Übersetzungen des Übergangs in eine Sprache, die die Seele versteht.

Für das irdische Auge mag es aussehen wie ein Ende. Doch im Innersten ist es ein Aufwachen, ein Erinnern an das, was wir wirklich sind.

Die Seele löst sich nicht abrupt. Sie tritt über eine Schwelle: sanft, bewusst und geführt.

Was bleibt, ist das, was nie stirbt: Liebe. Bewusstsein. Licht. Der Moment des Loslassens ist kein Moment der Dunkelheit, allerdings der Weite. Kein Sturz, eher ein Aufsteigen. Kein Verstummen, sondern ein neues Hören.

Wenn Du je bei einem Menschen warst, der gegangen ist, hast Du es vielleicht gespürt: Ein heiliger Friede, der den Raum erfüllt. Eine andere Präsenz, jenseits des Sichtbaren.

Und genau das ist der Tod:
Nicht das Ende. Ein feines Weitergehen.
Nicht ein Verlust. Eine andere Form von Nähe.
Nicht das Nichts. Das pure Sein.

2.2 Die Schwelle zwischen den Welten

Es gibt einen heiligen Raum, den nur jene kennen, die zwischen den Welten wandeln.
Ein Moment, in dem der Körper bereits losgelassen ist, die neue Ebene jedoch noch nicht vollständig erreicht. Manche nennen es das „Dazwischen“.
Wir, die Ärzte des Lichts, nennen es: die Schwelle.

Die Seele hat den physischen Körper verlassen: sanft, lichtvoll und geführt. Und was sie nun erlebt, ist kein Nebel, keine Leere, sondern eine ungeahnte Weite. Ein Raum jenseits der Zeit. Ein Zustand jenseits aller Schwere.

Viele berichten von einem Gefühl absoluter Klarheit. Die Gedanken sind still. Die Emotionen gereinigt. Was bleibt, ist reines Gewahrsein. Ein stilles, wissendes und ungetrübtes Erkennen.

Die Seele nimmt sich selbst wahr; nicht mehr gefiltert durch Schmerz, Angst oder Selbstbild, jedoch in ihrem ursprünglichen Licht. In dieser Schwelle geschieht oft eine Art Rückschau:
Bilder aus dem gelebten Leben tauchen auf; nicht als Bewertung, sondern als Erkenntnis. Kein Urteil, nur Verständnis. Kein Schuldspruch, nur Wahrheit.

Hier erkennt die Seele:
„Ich habe Erfahrungen gemacht. Ich habe geliebt, gefehlt und vergeben. Und all das war Teil meines Weges."

In dieser Ebene ist nichts „falsch". Alles ist Teil eines größeren Mosaiks. Die Seele sieht ihre Lebensreise nicht linear, sondern in Zusammenhängen. Sie erkennt Verbindungen, Aufgaben, Begegnungen und spürt, was wirklich wichtig war.

Viele Seelen empfinden diese Phase als tiefe Befreiung. Nicht, weil sie das Leben ablehnen, jedoch weil sie sich zum ersten Mal ohne jede Begrenzung erfahren:

- Frei von körperlichem Schmerz.
- Frei von gesellschaftlichen Rollen.
- Frei von innerem Druck.

Hier, an der Schwelle, spürt die Seele oft zum ersten Mal wieder ihre volle Größe. Nicht im Sinne von Überlegenheit. Allerdings als Erinnerung:

„Ich bin mehr als das, was ich dachte zu sein."

Manche Seelen verweilen an dieser Schwelle eine Weile. Aus Neugier, aus Staunen oder weil sie noch Abschied nehmen möchten. Andere gleiten zügig weiter, begleitet von Lichtwesen oder vertrauten Seelen aus anderen Ebenen.

Doch eines ist in allen Erfahrungen gleich:
Die Schwelle ist kein Ort des Schmerzes. Die Schwelle ist ein Ort des Friedens. Sie ist ein Moment der Gnade. Ein Übergang, der nicht trennt, sondern verbindet. Ein Blick hinter den Schleier ohne Angst, ohne Eile und ohne Zweifel.

Und für jene, die zurückbleiben, kann es tröstlich sein zu wissen: Der Mensch, den Du liebst, ist nicht verschwunden. Er hat nur eine Tür durchschritten, die Du gerade noch nicht sehen kannst.
Und eines Tages, wenn Du durch dieselbe Tür schreitest, wirst Du nicht allein sein. Denn was in Liebe verbunden ist, bleibt ewig nah. Diese Seele wird dort stehen: im Licht, in Liebe und mit einem Lächeln, das Dich wiedererkennt.

2.3 Licht, Tunnel und Begleitung

Es ist kein Zufall, dass Menschen, die dem physischen Tod nahe waren oder ihn für Augenblicke „überschritten" haben, von ähnlichen Erlebnissen berichten:

- Ein helles ***Licht***, das nicht blendet, das umhüllt.
- Ein ***Tunnel***, der nicht einengt, der führt.

- Eine ***Präsenz***, die nicht erklärt, die erkennt.

Diese Bilder sind keine Fantasie, sie sind energetische Übersetzungen eines Übergangs, welcher in Wahrheit weitaus feiner ist als Worte es je beschreiben könnten. Und doch: Viele dieser Berichte ähneln sich und das aus gutem Grund.

Das Licht

Das Licht ist nicht nur „am Ende des Tunnels". Es ist die Essenz, aus der Du kommst. Es ist nicht ein Licht vor Dir. Es ist in Dir.
In diesem Moment, wenn sich der Schleier hebt, öffnet sich das, was immer da war: Dein Ursprung. Du wirst nicht gerichtet. Du wirst erkannt.

Der Tunnel

Der sogenannte „Tunnel" ist ein energetischer Korridor, eine Art Übergangsfrequenz, die Dir hilft, Dich vom dichten Körperfeld zu lösen.
Der Tunnel ist nicht eng. Der Tunnel ist geführt.
Der Tunnel ist nicht finster. Der Tunnel ist bewusst.
Dieser Raum dient Deiner Neuorientierung. Nicht jede Seele nimmt ihn gleich wahr, doch bei vielen wirkt er wie ein Erinnerungspfad, der sanft von der einen in die andere Welt führt.

Die Begleitung

Du wirst nicht allein sein. Niemals. Jede Seele wird empfangen und das in Liebe, in Klarheit, in Freiheit.

Wer kommt, hängt von Deiner Schwingung, Deiner Resonanz und Deinem inneren Ruf ab:

- Manche werden von geliebten Verstorbenen empfangen, die ihnen vertraut sind und Sicherheit geben[2].
- Andere werden von ihren Seelenführern oder geistigen Helfern geleitet, jenen Lichtwesen, die Dich durch viele Leben begleitet haben.
- Und wieder andere erleben das Feld der Ärzte des Lichts. Ein heilendes, ordnendes und liebevolles Bewusstseinsfeld, welches Dir Ruhe, Klarheit und Vertrauen schenkt.

Diese Begleitungen sind keine Fremden. Sie sind Deine Lichtfamilie. Sie treten Dir entgegen, nicht um Dich zu bewerten, sondern um Dich zu begrüßen.

Sie sagen nicht: „Was hast Du getan?"
Sondern: „Willkommen zurück."

2.4 Heilung beginnt vor dem letzten Atemzug

Viele Menschen glauben, Heilung habe nur mit körperlicher Gesundheit zu tun. Doch wahre Heilung geschieht viel früher und oft lange bevor der Körper stirbt. Sie geschieht in dem Moment, in dem ein Mensch beginnt, sich zu erinnern: Wer bin ich? Woher komme ich? Und was trägt mich wirklich?

Manche erleben in den letzten Tagen eine plötzliche Klarheit, ein inneres Leuchten. Unausgesprochene Worte wollen plötzlich gesagt werden. Lange verdrängte Gefühle steigen sanft auf und dürfen nun gehen. Es ist, als würde das Licht

---

[2] Siehe Kapitel 2.2

durch die Risse scheinen. Nicht, um zu zerstören, sondern um zu heilen.

Heilung in dieser Phase ist nicht laut. Sie ist still. Sie braucht kein großes Drama. Kein großes Wissen. Nur den Raum, sich zeigen zu dürfen. Und das Vertrauen, dass es nicht zu spät ist.

Denn: Es ist nie zu spät für Versöhnung. Nie zu spät für ein leises „Es tut mir leid" oder ein stilles „Ich liebe Dich". Nie zu spät, um Frieden zu schließen – mit anderen und mit sich selbst.

Der Übergang wird nicht durch Schmerz definiert, sondern durch das, was bleibt: Liebe. Und manchmal ist es genau dieser letzte Wegabschnitt, der mehr Heilung bringt als ein ganzes Leben zuvor.

Denn wenn alles Äußere abfällt, bleibt nur noch das Wesentliche. Die Wahrheit, die unter allen Rollen geschlummert hat. Die Liebe, die nie aufhörte zu fließen; auch wenn sie lange nicht ausgesprochen wurde.

Das Licht, das immer schon da war, auch wenn es überdeckt war von Angst, Zweifel oder Schmerz.

In diesen letzten Momenten offenbart sich oft das, was Menschen ein Leben lang gesucht haben: Frieden. Nicht, weil etwas „geklärt" wurde, sondern weil etwas angenommen wurde. Nicht, weil die Umstände sich änderten, sondern weil das Herz sich öffnete. So kann der Übergang, trotz allem, zur tiefsten Form von Rückkehr werden:

Zu sich. Zum Ursprung. Zur Liebe, die nie endet.

2.5 Begegnung mit dem Lebensrückblick[3]

Viele Menschen, die Nahtoderfahrungen gemacht haben, berichten übereinstimmend von einem Moment, der zutiefst bewegend ist:
Ein Rückblick wie ein innerer „Lebensfilm", der nicht nur zeigt, was sie getan haben, sondern wie es gewirkt hat.

Doch dieser Rückblick ist kein Gerichtssaal. Keine Verurteilung. Kein Urteil von außen. Sondern ein Raum der Erkenntnis: still, tief und oft voller Mitgefühl.

Was siehst Du?

Du siehst Dein Leben nicht nur mit Deinen Augen, sondern auch durch die Augen derer, die Du berührt hast. Nicht nur die großen Ereignisse, sondern auch die kleinen Gesten.
Ein Blick. Ein Wort. Ein Moment der Freundlichkeit oder der Abwehr.
Es ist, als würde sich ein Netz aus Licht zeigen mit all den Verbindungen, die Du geschaffen hast.
Und Du verstehst: **Nichts** war bedeutungslos.

Kein Urteil – nur Wahrheit.

Anders als viele fürchten, ist dieser Rückblick kein Ort der Bestrafung.
Es ist ein Raum, in dem Mitgefühl statt Schuld wirkt. Du erkennst, nicht, um Dich zu quälen, sondern um zu verstehen.

---

[3] Obwohl der Lebensrückblick meist erst im Lichtfeld nach dem Übergang geschieht (Kapitel 3), greifen wir ihn hier bereits auf, da viele Nahtoderfahrungen ihn unmittelbar im Übergang schildern. Er bildet eine Brücke zwischen dem Loslassen des Körpers und der seelischen Weite, die folgt.

Hier wirkt das Bewusstsein:

„Wenn ich gewusst hätte, was mein Wort ausgelöst hat. Ich hätte anders gesprochen.“
Und gleichzeitig:
„Da habe ich geholfen, geliebt, gehalten ohne es je zu bemerken.“

Dieser Moment ist tief bewegend, weil Du Dich selbst erkennst. In Licht und Schatten. Und weil Du zugleich weißt: Du bist geliebt. Ohne Bedingung.

Warum es heilsam ist

Der Lebensrückblick dient nicht der Bewertung, er dient der Integration. Du nimmst Dein Leben zurück; mit allem, was es war. Nicht um festzuhalten, sondern um loszulassen und das in Frieden.

Es ist ein Geschenk:
Du wirst gesehen. Und Du siehst Dich. Klar, ehrlich und liebevoll.
Nicht aus menschlicher Perspektive, sondern aus der Sicht Deiner Seele.

Und genau in dieser Liebe beginnt das, was folgt:

Vergebung. Rückkehr. Weite.

Nach dem Lebensrückblick beginnt ein zutiefst heiliger Abschnitt:
Die Rückkehr in das, was viele als **das Lichtfeld** bezeichnen und somit die Heimat der Seele.
Hier endet nicht etwas. Hier beginnt ein neuer Zustand. Ein Zustand reinen Seins, jenseits von Form, Name und Geschichte.

Das Licht, welches Du suchst, ist Dein eigenes Wesen.
Viele berichten, sie würden in ein Licht eintreten: warm, weit und lebendig. Doch dieses Licht ist nicht etwas außerhalb. Es ist das Wesen Deiner Seele. Du kehrst nicht irgendwohin zurück. Du kehrst zu Dir selbst zurück.

Es ist ein tiefes Erkennen:

Ich bin nie getrennt gewesen.
Ich war nie verloren.
Ich war nie schuldig.

Hier wirken keine Worte mehr. Nur Schwingung. Liebe. Wahrheit. Du erinnerst Dich an alles; aber ohne Schmerz. Du spürst: Alles hatte seinen Platz. Alles war geführt. Auch das, was Du nicht verstanden hast.

Empfang durch Seelenfreunde
Oft wirst Du in diesem Feld empfangen:
Von vertrauten Seelen, lichtvollen Begleitern und Seelenfreunden.
Manchmal erscheinen sie in Gestalt, die Dir vertraut ist: Mutter, Vater, Kind, Freundin, aber manchmal einfach als Licht, Gefühl oder Präsenz.
Die Begegnung ist nicht theatralisch, aber sie ist zutiefst still. Und voller Liebe. Ohne Vorbehalt. Ohne Trennung.

Hier löst sich das Menschliche nicht auf, es wird eingebettet in ein größeres Verständnis.

Rückkehr zur Seelenheimat
Je tiefer Du eintauchst, desto mehr wird klar: Du bist nicht „tot". Du bist frei. Nicht losgelöst, sondern verbunden mit

allem. Das Lichtfeld ist nicht nur ein Ort, es ist ein Bewusstseinszustand.

Hier geschieht Heilung auf allen Ebenen: Vergebung, Einsicht und Klärung.
Nicht durch Nachdenken, sondern durch Präsenz. Du bist, was Du warst, was Du bist und was Du sein wirst und das in einem einzigen Moment der Wahrheit.

Hier entscheidet sich auch:
Bleibt die Seele im Licht?
Geht sie weiter in eine neue Ebene?
Oder wählt sie einen neuen Weg in der Inkarnation?

Doch egal was geschieht, das Lichtfeld der Rückkehr ist der Ort, an dem Du ganz bist. Und genau das ist die Wahrheit hinter dem Tod:
Nicht ein Verlust, sondern eine Rückkehr in Ganzheit.

2.6 Warum keine Seele „verloren geht“

Auch wenn Wege sich verzögern. Keine Seele ist vergessen.
Es gibt Momente, in denen der Übergang nicht sofort leicht geschieht. Manche Seelen zögern.
Nicht, weil sie schlecht oder verloren sind, sondern weil sie noch gebunden sind:
An Menschen, Orte, Gedanken oder Emotionen.

Der freie Wille wirkt auch im Tod

Die geistige Welt respektiert Deinen freien Willen und das auch jenseits des physischen Körpers.
Niemand wird gezogen, gezwungen oder beurteilt. Auch im Übergang bleibt die Entscheidung bei der Seele:
Bin ich bereit zu gehen? Bin ich bereit, loszulassen?

Das Zögern ist kein Fehler. Es ist oft Ausdruck von:

- unerledigter Liebe,
- Angst vor dem Loslassen,
- Schuld oder dem Wunsch, jemanden zu beschützen.

Diese Seelen „bleiben" manchmal in Nähe zur irdischen Ebene und das in sogenannten Zwischenräumen. Aber wichtig ist: Auch sie sind nicht allein.

Es gibt keine verlorenen Seelen. Nur Seelen auf dem Weg

Keine Seele „bleibt hängen“, weil sie „bestraft" ist. Sie bleibt, weil sie glaubt, noch etwas halten oder klären zu müssen. Doch sie ist immer in Resonanz mit dem Licht. Und dieses Licht ruft; ganz leise, geduldig und liebevoll. Es gibt Lichthelfer, Seelenführer und heilende Felder, die auch in diese Räume wirken. Nicht mit Druck, sondern mit Erinnerung.

Die Kraft von Gebet, Liebe und Lichtbegleitung

Du kannst helfen und das mehr als Du denkst. Ein aufrichtiger Gedanke, ein liebevolles Gebet und ein stilles „Ich sehe Dich“ hat Frequenz. Diese Frequenz erreicht Seelen und das nicht durch Worte, sondern durch Wahrheit.

Lichtbegleiter, ob auf Erden oder aus der geistigen Welt, helfen, wenn eine Seele zögert. Sie halten den Raum, erinnern und senden Impulse. Manchmal ist es eine einzige Berührung, ein Gedanke der Vergebung, der alles löst und die Seele freigibt.

Erinnerung geschieht immer
Früher oder später geschieht sie:
Die Rückbindung an das Licht. Denn kein Licht verlischt. Keine Seele geht verloren. Alles findet heim. In seinem Rhythmus und in seiner Zeit.

Vertraue darauf:
Auch wenn Du jemanden vermisst, der nicht in Frieden gegangen ist. Das Licht hört niemals auf zu wirken und keine Seele ist je vergessen.

Kapitel 3: Leben zwischen den Leben

Bereits im vorigen Kapitel haben wir einen Moment beschrieben, der meist der erste nach dem Übergang ist: den Lebensrückblick.
Auch wenn er bereits im Übergang beginnt, ist er zugleich das Tor in einen viel größeren Raum: das bewusste Dasein zwischen den Leben.

Dieser Zwischenraum ist kein „Dazwischen" im menschlichen Sinn. Keine Wartehalle, kein leeres Feld. Er ist ein Raum tiefer Erkenntnis, heilender Klärung und innerer Weite. Ein Ort, an dem die Seele nicht endet, sondern sich erinnert.

Was hier geschieht, kann nicht in Kalenderzeit gemessen werden. Es ist ein Prozess außerhalb der Zeit, in dem sich das Bewusstsein ausdehnt, heilt, berührt wird und beginnt sich neu auszurichten.

In diesem Kapitel schauen wir in genau diesen Seelenraum:
In das, was folgt, wenn der Körper bereits losgelassen wurde.
Wenn die Vergangenheit rückblickend integriert ist.
Und wenn die Seele wieder in Berührung kommt mit ihrer Tiefe, ihrer Freiheit und ihrem Licht.

3.1 Rückblick, Erkenntnis und Neuorientierung

Wenn die Seele die Schwelle überschritten hat, wird sie auf sanfte Weise eingeladen, zurückzublicken. Nicht mit dem Verstand, sondern mit dem Herzen.

Dieser Rückblick ist kein Gericht. Kein Protokoll und kein Urteilsspruch. Er ist ein liebevoller Spiegel, in dem die Seele sich selbst erkennt und das frei von Masken, Rollen sowie Erwartungen.

Sie sieht, was sie erfahren hat. Was sie gegeben hat. Wo sie gewachsen ist und wo sie sich selbst vergessen hat.

Doch es gibt keine Anklage. Keine Stimme, die tadelt. Nur Mitgefühl. Weite. Wahrheit.

Dieser Rückblick ist nicht chronologisch, sondern energetisch. Die Seele „fühlt“, welche Momente bedeutend waren und dies nicht aus äußerlicher Sicht, sondern aus dem inneren Maß der Liebe.
Ein Blick, der auch zeigt, wie andere sich durch die eigene Präsenz gefühlt haben.
Nicht zur Strafe, sondern zur Erkenntnis.

Es geht nicht um Reue. Es geht um das Wiedererkennen, um ein inneres Verstehen.

Die Seele nimmt nichts Äußerliches mit. Was bleibt, ist die Schwingung des Gelebten, die Resonanz im Licht der Liebe.
Alles, was wahrhaft gelebt wurde und das in Liebe, Mitgefühl, Aufrichtigkeit, wird Teil des inneren Schatzes, der sie in die nächste Phase trägt.
Alles, was unvollständig blieb, wird nicht gelöscht, sondern gehalten. Im Lichtfeld der Heilung und nicht als Schuld.

Manchmal erkennt die Seele in diesem Moment:
„Ich bin bereit, noch tiefer zu erinnern.“
Und ein leiser Ruf entsteht: nach Neuorientierung, nach einer weiteren Reise, nach einer neuen Form des Ausdrucks.
Nicht aus Mangel. Sondern aus Sehnsucht. Nicht aus Druck.
Sondern aus Liebe zum Leben selbst.

3.2 Das Heilfeld zwischen den Leben

Der Übergang in das Leben zwischen den Leben ist kein Leerlauf, sondern ein kraftvoller, liebevoll gehaltener Raum der Heilung.

Denn nicht alles, was wir auf Erden erlebt haben, konnte dort vollständig verarbeitet oder verstanden werden.
Emotionale Verletzungen, tiefsitzende Muster, alte Gelübde oder karmische Prägungen, sie wirken oft über den Tod hinaus.
Und genau deshalb existiert dieser besondere **Zwischenraum**:

Ein Heilfeld jenseits der Zeit. Ein Ort, an dem die Seele sich neu sortieren, reinigen und erinnern darf.
Hier geht es nicht mehr um Rollen oder Aufgaben, hier geht es um Wahrheit und um Rückverbindung mit dem ursprünglichen Licht, das jede Seele in sich trägt.

Viele Seelen erleben diese Phase als Regeneration. Wie ein geistiger Rückzugsort, gehalten von liebevollen Lichtbegleitern, geführt von der eigenen höheren Weisheit.
Es ist eine Zeit der Ruhe. Der inneren Neuordnung.

Alte Strukturen, die im Körper festsaßen, können hier auf feinstofflicher Ebene geklärt werden. Muster, die im vergangenen Leben nicht erkannt wurden, werden nicht verurteilt, sondern dürfen in Frieden losgelassen werden.

Manche Seelen verweilen hier nur kurz, andere länger.
Nicht, weil sie „schneller“ oder „weiter“ sind, sondern weil jede Seele einen einzigartigen Rhythmus hat.

Und so geschieht Heilung nicht linear, sondern tief, leise und umfassend.
Der Schmerz verliert seine Geschichte. Die Angst verliert ihren Halt. Die Seele atmet und erinnert sich:
Ich war nie getrennt. Ich war nur auf einer Reise.

Dieser Raum ist ein Geschenk. Ein Ort der Erinnerung, an das, was die Seele ist und das jenseits aller irdischen Erfahrungen.
Und in dieser Erinnerung liegt nicht nur Frieden.
Hier liegt auch eine neue Klarheit, eine neue Ausrichtung und ein neues Licht.

3.3 Begegnung mit der Seelenfamilie und den Lichtbegleitern

Kaum etwas berührt tiefer als die Rückkehr in den Kreis der Seelen, mit denen wir über Zeiten hinweg verbunden sind. Im Leben zwischen den Leben begegnen wir nicht nur uns selbst auf neue Weise, sondern auch jenen, die uns schon lange begleiten: unsere Seelenfamilie, geistige Lehrer, Lichtbegleiter und vertraute Wesenheiten jenseits der Zeit.

Diese Wiederbegegnungen sind oft das Erste, was die Seele nach dem Übergang bewusst wahrnimmt:
Ein Gefühl von Heimat. Von Weite. Von unbedingter Liebe.
Nicht als Erinnerung, sondern als unmittelbare Gegenwart.

Seelenfamilien bestehen aus Wesen, mit denen wir über viele Inkarnationen hinweg lernen, wachsen und wirken.
Wir inkarnieren nicht immer gemeinsam, aber wir bleiben verbunden durch ein inneres Band der Resonanz.

In diesem Zwischenraum geschieht etwas Wundervolles: Wir erkennen wieder und das nicht mit den Augen, sondern mit dem Herzen.

Wir „wissen", wer der andere ist, auch wenn es keine Namen gibt.
Auch jene, die in unserem jetzigen Leben andere Rollen gespielt haben, z. B. als Eltern, Kinder, Partnerin oder Freunde; sie begegnen uns hier oft in einer tieferen Wahrheit.

Und plötzlich fällt alles Irdische ab. Kein Groll. Kein Urteil. Keine Rolle. Nur ein leises: „Ich erinnere mich an Dich."

Auch geistige Helfer, Lichtärzte, Sternenfreunde oder kosmische Lehrer treten an unsere Seite. Sie waren während unseres irdischen Lebens stets nah, oft aber auch unbemerkt. Jetzt, in der Klarheit jenseits des Körpers, erkennen wir ihre Präsenz und Weisheit unmittelbar.
Diese Begegnungen sind heilend. Nicht, weil sie Antworten geben, jedoch weil sie uns erinnern: Wir waren nie allein und wir waren immer eingebunden. In ein Netz aus Licht, Liebe und Verbundenheit, das keine Form braucht, um real zu sein.

Und aus dieser Begegnung erwächst Trost. Nicht nur für die Seele selbst, sondern auch für jene, die noch auf der Erde verweilen.
Denn wer sich erinnert, kann Frieden senden. Und wer erkannt hat, dass Verbindung ewig ist, weiß:

Liebe endet nie.
Sie wandelt sich.
Und bleibt.

3.4 Der Rat der Weisen und Seelenführung

Nach dem persönlichen Rückblick der Seele, wie er im Übergang oft unmittelbar erlebt wird (siehe Kapitel 2.5 Begegnung mit dem Lebensrückblick), weitet sich das Erkennen.
Nicht mehr nur durch das eigene innere Fühlen, jedoch im Spiegel eines größeren Bewusstseins.

Nach der Rückkehr ins Licht, nach der ersten Phase der Heilung und der Begegnung mit vertrauten Seelen, beginnt für viele eine neue Dimension des Verstehens:
Die Begegnung mit dem Rat der Weisen oder auch:
dem Kreis des Lichts.

Dieser „Rat“ ist kein Tribunal. Keine Instanz, die richtet.
Er ist ein Raum aus Weisheit und Mitgefühl, in dem Deine Seele sich selbst begegnet, jenseits der Schleier von Persönlichkeit, Rolle und Zeit.
Ein Rückblick aus übergeordneter Sicht, nicht um zu bewerten, sondern um zu verstehen.

Die Wesen dieses Rates erscheinen verschieden, als Lichtgestalten, Älteste, Lehrer und Meister oder als reine Präsenz. Sie urteilen nicht. Sie erinnern. Sie begleiten Dich dabei, das Gewesene zu erkennen; nicht als Fehler, sondern als Erfahrung.

Was im Lebensrückblick persönlich fühlbar war, wird hier in ein größeres Bild eingeordnet: Wie alles miteinander verwoben war, welche Seelenvereinbarungen bestanden und welche Rollen Du erfüllt hast; nicht nur für Dich, sondern für andere.

Hier geschieht Rückblick mit Weitsicht. Du erkennst, wo Wachstum geschah, ganz sichtbar oder verborgen. Du erkennst, wo Liebe gewirkt hat, auch wenn es auf der Erde nicht sichtbar war.

Oft zeigen sich in diesem Feld auch noch ungelebte Potenziale. Wege, die unterbrochen wurden.
Impulse, die Du in einem anderen Leben wieder aufgreifen kannst. Nicht als Verpflichtung, sondern als Einladung.

Der Kreis des Lichts hilft Dir, Dich selbst in einem größeren Zusammenhang zu sehen. Nicht als getrenntes Ich, sondern als Teil eines Feldes, das Dich trägt.
Du begreifst: Kein Schritt war vergeblich. Kein Schmerz war sinnlos.
Deine Seele wächst und das nicht durch Vollkommenheit, sondern durch Erfahrung.

Und aus dieser Erkenntnis entsteht etwas Kostbares:
Ein innerer Friede.
Ein leises, ehrliches „Ja".
Ein stilles: Ich bin bereit weiterzugehen.

3.5 Die Vorbereitung auf ein neues Leben

Nach der Phase der Erkenntnis, des Rückblicks und der Heilung öffnet sich ein neues Feld.

Das Feld der bewussten Entscheidung

- Wohin geht die Reise der Seele als Nächstes?
- Was möchte sie erfahren, vertiefen oder auch wandeln?

Anders als viele glauben, wird eine neue Inkarnation nicht „verordnet". Sie ist auch keine Strafe. Sie ist eine freie Wahl, welche getragen ist von Sehnsucht, Liebe, Lernwunsch und innerem Wachstum.

Im Bewusstseinsraum zwischen den Leben wird nicht aus Mangel entschieden, sondern aus Klarheit.
Hier betrachtet die Seele ihren eigenen Entwicklungsweg; nicht in Jahren oder Erfolgen gemessen, sondern in einem inneren Reifungsprozess.

Manchmal möchten Seelen

- alte karmische Muster weiter erlösen,
- tiefere Aspekte von Liebe oder Freiheit erfahren,
- sich als Lehrende, Heilende, Begleitende verkörpern oder selbst gehalten werden.

In dieser Phase formt sich der sogenannte Seelenplan[4]; kein starres Drehbuch, sondern ein fließender Rahmen.

Der Seelenplan enthält:

- bestimmte Potenziale,
- wesentliche Begegnungen,
- Herausforderungen, die das innere Wachstum fördern,
- Orte oder Zeiten, die eine bestimmte Frequenz tragen.

Auch karmische Knoten aus früheren Leben oder ungelösten Erfahrungen können miteinfließen.

---

[4] siehe auch Kapitel 4.2. Hier erwarten Dich noch detailliertere Ausführungen zum Seelenplan.

Doch sie sind kein „Muss“, sondern ein „Kann“, welche auf der Bereitschaft der Seele basieren, in die nächste Tiefe zu gehen.

Wichtiger noch:

- Der Seelenplan enthält immer Spielraum.
- Du wirst nicht zu einem Leben gezwungen.
- Du wirst nicht zu einem Schicksal verurteilt.

Stattdessen entsteht ein liebevoll geführter Rahmen, innerhalb dessen Du, als Mensch, erneut die Freiheit hast, zu entscheiden, wie Du mit dem Leben umgehst. Der Plan ist keine Kette, sondern eine Karte. Und Du bist der Reisende.
Auch Deine künftigen Eltern, Dein Geburtsland[5] und die Zeit[6], in die Du inkarnierst. All das wird nicht zufällig gewählt.
Es geschieht in Einklang mit anderen Seelen, mit bestehenden Verbindungen und mit der kollektiven Entwicklung.

So entstehen Seelenverabredungen mit Partnern, Kindern, Mentoren oder sogar Herausforderern.

---

[5] **Raum** ist kein Ort, welcher eingenommen wird, sondern ein Feld, welches betreten wird. Für die Seele gibt es keine Entfernungen wie im menschlichen Denken. Was als „Ort“ erscheint, ist in Wahrheit eine energetische Konstellation. Auch Dein Geburtsland, Deine Familie, selbst die Landschaft, in der Du lebst, sind Teil eines größeren Zusammenspiels. Nicht zufällig. Sondern gewählt und das nach Resonanz.
[6] **Zeit,** wie Du sie kennst, ist eine menschliche Konstruktion. Für die Seele existiert keine lineare Abfolge von Vergangenheit, Gegenwart und Zukunft. Alles geschieht in einem ewigen Jetzt: verdichtet, verwoben und erfahrbar als Gegenwärtigkeit. Was für Dich wie Erinnerung oder Vorahnung erscheint, ist auf Seelenebene einfach nur Gegenwart. Die Seele wächst nicht entlang der Uhr, sondern entlang der Erkenntnis.

Manche Seelen versprechen sich gegenseitig, sich wiederzufinden, in anderen Rollen, aber mit derselben tieferen Verbindung.

Diese Vorbereitung auf das neue Leben ist heilig. Sie ist durchdrungen von Licht, Weisheit und tiefem Vertrauen. Und eines ist sicher: Keine Seele geht unvorbereitet. Und keine Seele geht allein.

Der Schleier des Vergessens und sein Sinn

Bevor die Seele den Übergang in ein neues Leben vollzieht, legt sie (bildlich gesprochen) einen Schleier über ihr volles Bewusstsein.
Nicht als Strafe. Nicht als Verlust. Sondern als liebevolle Entscheidung.
Dieser Schleier, auch oft als „Schleier des Vergessens" bezeichnet, sorgt dafür, dass Du nicht mit all dem Wissen und den Emotionen früherer Leben auf einmal hier ankommst.
Er schützt. Er bewahrt Deine Offenheit. Er ermöglicht Dir, dieses neue Leben frisch und unvoreingenommen zu beginnen.

Denn stell Dir vor, Du würdest Dich in jedem Moment an alle früheren Inkarnationen erinnern. An alle Fehler, alle Wunden und alle Rollen.
Es wäre nicht Klarheit, sondern eindeutig Überforderung.
Dein jetziges Selbst würde unter der Last vergangener Erfahrungen kaum atmen können.

Darum sagt Deine Seele: *„Ich wähle, in Liebe zu vergessen um in Freiheit zu erinnern.*"

Denn das Vergessen ist nie endgültig. Es ist ein Nebel, der sich lichtet, sobald Du bereit bist.
Viele Menschen erleben über Träume, intuitive Einsichten, tiefe Begegnungen oder Seelenberührungen eine stille Erinnerung, die plötzlich aufsteigt:
„Das kenne ich. Das war schon einmal da.“
Diese Momente sind Fenster zur Seele und sie geschehen nicht aus Zufall. Sie zeigen: Die Erinnerung kehrt zurück, wenn sie Dir dient.[7]

Der Schleier ist kein Feind.
Er ist ein Teil des Spiels, das wir Leben nennen. Der Schleier erlaubt Dir, Dich selbst neu zu entdecken und das nicht als Kopie früherer Rollen, sondern als freies Wesen, das wählt, liebt und wandelt.

Und genau das ist der Sinn:
Nicht alles zu wissen, sondern wach zu werden, Schritt für Schritt. Nicht alles zu verstehen, sondern zu fühlen, wenn die Zeit reif ist.

Die Erinnerung wird kommen.
Nicht auf Knopfdruck. Sondern durch Deine Offenheit, Dein Herz und Deine Bereitschaft.
Denn Du bist nicht hier, um „alles zu wissen“. Du bist hier, um Dich selbst zu leben.

---

[7] Was viele als Déjà-vu erleben, jenes plötzliche Gefühl, etwas bereits zu kennen, ist im lichtbewussten Sinn oft eine tiefe seelische Erinnerung. Träume, intuitive Einsichten, Begegnungen oder innere Berührungen können solche Erinnerungswellen auslösen. Nicht, weil man sie „schon einmal erlebt“ hat, sondern weil die Seele sich in diesen Momenten selbst erkennt.

3.6 Die Zwischenräume. Weite, nicht Warten

Wenn Menschen vom „Leben nach dem Tod" sprechen, stellen sich viele eine Art himmlischen Warteraum vor, einen Zustand des Stillstands, in dem Seelen passiv verweilen, bis sie irgendwann „wieder dürfen". Doch das ist ein Missverständnis. Denn die Seele kennt kein Warten, sie kennt nur Wandlung, Ausdehnung und Erkenntnis.

Das Leben zwischen den Leben ist kein „Wartesaal". Es ist ein bewusster Raum voller Möglichkeiten. Ein Raum, in dem die Seele nicht festhängt, sondern sich erinnert, heilt, erforscht, lehrt und wirkt.

In diesen Zwischenräumen entfaltet sich eine Weite, die in irdischen Begriffen kaum zu greifen ist. Hier herrscht keine lineare Zeit, sondern Gegenwart in Ausdehnung.
Die Seele ist nicht untätig, sie ist oft zutiefst aktiv:
Sie begleitet andere, wirkt heilend in Energiefeldern, berät sich mit Seelengefährten, reflektiert ihre Erfahrungen oder bereitet sich auf kommende Aufgaben vor.

Viele Seelen übernehmen in diesen Ebenen dienende Funktionen. Als Lichtbegleiter, als Lehrer, als heilende Präsenz für andere Inkarnierte. Sie wirken durch Intuition, Träume, Eingebungen und manchmal auch durch scheinbar zufällige Impulse.

Denn jenseits des Körpers endet das Wirken nicht. Es wandelt sich. Wird feinstofflicher, klarer und weiter, aber nicht weniger bedeutend.

Diese Zwischenräume sind heilige Felder der Seelenentfaltung.

Sie sind nicht das Nichts, sondern „das Dazwischen", das trägt.

Du kannst Dir diese Räume nicht wie Orte vorstellen, jedoch wie Bewusstseinszustände, in denen Erkenntnis, Licht und Erinnerung in natürlicher Weise geschehen.

Und so sei Dir gesagt: Du bist nicht auf die Materie begrenzt. Du bist nicht nur hier tätig. Du bist Teil eines größeren Wirkens.

Auch jetzt, während Du diese Zeilen liest, bist Du verbunden mit jenen, die dort wirken. Nicht weil Du suchst, sondern weil Du erinnerst und weil sie Dich erinnern.

Denn in Wahrheit sind es keine getrennten Welten. Nur unterschiedliche Schwingungen. Unterschiedliche Räume im gleichen Licht.

Kapitel 4: Wie Seelen ihr nächstes Leben wählen

Wenn ein irdisches Leben vollendet ist, beginnt ein Raum der Weite. Die Seele löst sich vom Körper, erinnert sich an ihren Ursprung und betrachtet das Gewesene mit liebevoller Klarheit. Doch dieser Rückblick ist nicht das Ende. Er ist ein Übergang in eine neue Ausrichtung.

Im Zwischenraum zwischen den Leben öffnet sich der Blick für Möglichkeiten. Die Seele spürt, was noch gelebt werden möchte. Nicht aus Mangel, sondern aus innerem Ruf. Sie erkennt Felder, die nach Entwicklung rufen. Sie fühlt Verbindungen, die vertieft oder geklärt werden wollen.

Die Wahl eines neuen Lebens ist keine Pflicht. Es ist eine bewusste Entscheidung. Die Seele begegnet Lichtbegleitern, Seelenräten oder innerer Führung. Wesen, die ihr spiegeln, was möglich ist. Kein Zwang. Kein Urteil. Nur Resonanz.

Es ist ein heiliger Moment: Die Seele fühlt, wo sie erneut dienen, wachsen und erinnern kann. Sie wählt nicht nach Belohnung oder Strafe. Sie wählt aus Tiefe und Wahrheit.

So beginnt ein neuer Weg. Nicht zufällig. Nicht fremdbestimmt. Sondern getragen von einer leisen, aber klaren Absicht. Ein neues Leben nimmt Gestalt an, lange bevor der erste Atemzug beginnt.

4.1 Die Entscheidung zurückzukehren

Die Entscheidung, erneut auf die Erde zu kommen, ist kein Automatismus. Sie geschieht aus einem tiefen inneren Impuls heraus; ein leises und klares Empfinden, dass noch etwas gelebt, geheilt oder erinnert werden möchte.

Oft ist es nicht ein einzelner Grund, sondern ein Zusammenspiel aus Erfahrungen, Verbindungen und einem inneren Wunsch nach Vollendung. Die Seele fühlt, wo etwas noch offen ist.
Vielleicht ruft sie eine Beziehung, die Heilung sucht.
Vielleicht ist es ein Talent, das ausgedrückt werden will.
Vielleicht ist es die Sehnsucht, in einer bestimmten Zeit oder mit bestimmten Menschen einen Dienst zu leisten.

Diese Rückkehr ist kein Rückschritt. Sie ist ein Ausdruck von Mut, Liebe und Hingabe. Die Erde ist kein leichter Ort. Sie fordert heraus, sie verdichtet und sie spiegelt. Und dennoch: Sie bietet der Seele eine besondere Form der Entfaltung. Nirgendwo sonst ist die Verbindung von Licht und Materie so dicht und damit so wirksam.

In diesem Moment der Entscheidung tritt die Seele in Kontakt mit inneren Bildern, Möglichkeiten, auch mit jenen Seelen, mit denen sie in Verbindung treten möchte. Es ist kein Plan, der sie festlegt, sondern ein Feld, das sie öffnet: für Wachstum, für Erkenntnis und für Liebe.

Die Entscheidung zurückzukehren ist eine Rückkehr in die Tiefe des Menschseins. Und in jeder Wiederkehr liegt ein Versprechen: Ich komme, um zu lieben, zu lernen, zu erinnern und um zu heilen. Mich und die Welt.

4.2 Freier Wille und Seelenplan

Der Begriff „Seelenplan“ wird oft missverstanden. Viele glauben, er sei eine feste Abfolge von Ereignissen, eine Art Drehbuch, das nicht verändert werden kann. Doch das ist nicht das Wesen eines Seelenplans.

Ein Seelenplan ist eher wie eine Landkarte mit Wegen, Möglichkeiten und Verabredungen. Er entsteht aus der inneren Weisheit der Seele, aus dem tiefen Wunsch zu wachsen, zu heilen und zu erinnern. In dieser Landkarte liegen Erfahrungen, die die Seele berühren möchten. Sie wählt Themen, Begegnungen und Zeitqualitäten. Doch wie sie diesen Weg geht, bleibt offen.

Der freie Wille ist kein Widerspruch zum Seelenplan. Er ist seine Grundlage. Denn ohne Wahlfreiheit gäbe es keine Entwicklung, keine Erkenntnis und keine Liebe. Liebe kann nicht verordnet werden. Erkenntnis kann nicht erzwungen werden. Freiheit ist der Raum, in dem alles geschieht.

Der Plan der Seele enthält also Impulse und keine Befehle. Begegnungen und keine Verpflichtungen. Möglichkeiten und keine Zwänge. Manchmal jedoch wählt die Seele Umwege. Manchmal wählt sie Beschleunigung. Nichts davon ist falsch, denn alles dient dem inneren Wachstum.

Auch wenn vieles vor der Geburt vorbereitet wird, ist es doch das Leben selbst, das entscheidet, wie sich alles entfaltet.

Der freie Wille bleibt und das in jedem Moment.

Der Seelenplan ist wie ein inneres Versprechen: Ich komme, um etwas Bestimmtes zu erleben, zu erinnern und zu vollenden. Doch wie ich diesen Weg gehe, dass entscheide ich Schritt für Schritt.

Und das Leben antwortet auf jede Entscheidung und das mit neuen Wegen, neuen Türen und neuen Möglichkeiten.

4.3 Die Wahl von Umständen und Herausforderungen

Wenn Seelen ihren nächsten Weg vorbereiten, wählen sie selten den bequemsten oder leichtesten Pfad. Sie wählen nicht das Leben ohne Reibung, sondern das Leben mit Bedeutung. Nicht, weil sie sich „bestrafen" wollen, sondern weil sie wachsen möchten und das in Tiefe, Liebe und Bewusstsein.

Das, was aus menschlicher Sicht schwer erscheint, ist aus Sicht der Seele oft voller Potenzial. Schmerz kann Mitgefühl hervorbringen. Verlust kann Anbindung vertiefen und Krankheit kann zur Erinnerung führen. Es geht nicht um Leiden, es geht um Reifung.
Auch Karma[8] spielt dabei eine Rolle, doch nicht im Sinne von Strafe. Karma ist eine Art energetischer Ausgleich, eine Einladung zur Vollendung. Was nicht in Balance war, strebt nach Harmonie. Und so kann eine Seele beschließen, Erfahrungen zu durchleben, die alte Muster auflösen, Seelenverbindungen klären oder neue Ebenen der Liebe erfahrbar machen.

---

[8] siehe hierzu bitte auch Kapitel 6

Herausforderungen sind keine Beweise von Schwäche; sie sind Ausdruck einer starken Seele, die bereit ist, durch das Erleben mehr Licht zu verkörpern.

Niemand wählt Schmerz leichtfertig. Doch viele Seelen wissen: Nur dort, wo es dunkel war, kann ein neues Licht geboren werden. Und so wählen sie Eltern, Orte, Körper oder Lebensumstände, die den inneren Ruf widerspiegeln; manchmal kontrastreich, manchmal herausfordernd, aber immer getragen von einer höheren Absicht.

Diese Wahl ist nicht starr. Sie ist lebendig. Jede Entscheidung im Leben formt die weitere Reise. Und doch bleibt der innere Ruf spürbar. Jener Wunsch, sich zu erinnern, zu heilen und zu erwachen.

4.4 Begegnung mit Lichtkreisen und Seelenrat

Bevor eine Seele erneut in ein irdisches Leben eintritt, ist sie nicht allein. Sie ist eingebettet in ein weites Feld von Begleitung, Führung und tiefer Weisheit. In vielen Rückführungserfahrungen und lichtgetragenen Visionen berichten Menschen von einem Kreis aus liebevoller Präsenz; einem Rat der Weisen, einem Lichtkreis, der die Seele empfängt.

Diese Lichtwesen sind nicht höher oder wertvoller; sie sind Ausdruck reiner Liebe, Klarheit und Erfahrung. Einige von ihnen begleiten die Seele über viele Leben hinweg. Andere treten für bestimmte Übergänge oder Lernabschnitte in Erscheinung.

In dieser Begegnung geschieht keine Bewertung, kein Urteil und kein „Du sollst“. Es ist ein Raum der Erinnerung. Die

Seele sieht, was war. Sie fühlt, was sie gelernt hat. Sie erkennt, was noch offen ist und das in Liebe, nicht in Mangel.

Der Lichtkreis hilft, den inneren Ruf zu klären: Was möchte in der nächsten Inkarnation gelebt, verstanden oder geheilt werden? Welche Verbindungen wollen weitergeführt oder neu erlebt werden? Welche Gaben dürfen sich entfalten?

Diese Gespräche sind nicht linear. Sie geschehen oft in Form von Lichtbildern, Empfindungen und Frequenzen.
Und doch ist das, was darin geschieht, zutiefst klar: Eine bewusste Entscheidung für ein neues Erdenleben, getroffen im Einklang mit der eigenen Wahrheit.

Manche Seelen zögern. Andere sind voller Vorfreude. Der Lichtkreis hält Raum ohne Druck, ohne Eile. Und wenn die Seele bereit ist, geschieht die Ausrichtung: auf Ort, Familie, Umstände und Zeit. Nicht als starres Drehbuch, sondern als lebendige Einladung.

So wird jede Inkarnation zu einem Akt der bewussten Rückkehr: begleitet, bezeugt und getragen.

4.5 Wahl von Beziehungen und Seelenverträgen

Beziehungen sind kein Zufall. Sie entstehen nicht nur durch äußere Umstände, sondern tragen oft eine tiefere Signatur, eine Erinnerung zwischen Seelen, die sich wieder begegnen, um gemeinsam zu wachsen.

Vor jeder Inkarnation prüft die Seele, mit wem sie in besonderer Weise verbunden ist. Es gibt Seelen, mit denen wir durch viele Leben gehen.
Manche davon begegnen uns als Eltern, Partner, Kinder oder Freunde und das in ganz unterschiedlichen Rollen, aber mit einem gemeinsamen inneren Band.

Diese Verbindungen werden, wie bereits betont, oft als Seelenverträge bezeichnet. Sie sind keine starren Verpflichtungen, sondern Einladungen. Vereinbarungen auf seelischer Ebene, sich gegenseitig zu unterstützen, herauszufordern und zu erinnern.

Nicht alle dieser Begegnungen sind leicht. Manche „triggern" tief, fordern uns über Grenzen hinaus, rufen alte Wunden hervor, spiegeln uns unsere Schatten. Und doch liegt gerade darin das Potenzial zur Heilung. Denn die Seele sucht nicht nur Harmonie; die Seele sucht „Ganzwerdung".

Seelenfamilien wirken wie ein vertrauter Kreis, in dem wir lernen dürfen. Sie helfen uns, bestimmte Themen tiefer zu verstehen: Liebe, Vergebung, Selbstwert, Grenzen und Hingabe. Nicht theoretisch, sondern durch gelebte Erfahrung.

Die Menschen, die uns am meisten berühren und das im Guten wie im Schmerzhaften, sind oft jene, mit denen wir einst beschlossen haben: „Lass uns gemeinsam wachsen."

Und auch wenn wir es vergessen, bleibt die Verbindung bestehen. Sie zeigt sich in einem Blick, einem Gefühl und einem Wiedererkennen jenseits aller Logik.
Wenn wir beginnen, unsere Beziehungen nicht nur mit den Augen des Verstandes, sondern mit dem Licht des Herzens zu sehen, erkennen wir: Jeder Mensch in unserem Leben ist Teil eines größeren Plans. Und jede Begegnung trägt die Möglichkeit, uns selbst tiefer zu erinnern.

4.6 Die bewusste Absicht vor der Geburt und der Mut zur Inkarnation

Jede Geburt ist ein Neubeginn, aber kein Zufall. Bevor eine Seele in ein neues Leben eintritt, steht sie an einem inneren Schwellenpunkt.
Sie erinnert sich an das, was war, spürt das, was werden könnte, und entscheidet sich aus einem tiefen inneren Ruf heraus: „Ich gehe."

Diese Entscheidung ist nicht leicht. Denn das Leben auf der Erde ist, wie bereits an anderer Stelle betont, intensiv. Es bedeutet Vergessen, Trennung, Schmerz, aber auch Liebe, Wachstum und Berührung.
Die Seele weiß um all das. Und sie kommt nicht, weil sie muss. Sie kommt, weil sie will.

Die bewusste Absicht vor der Geburt ist wie ein inneres Leuchten. Ein Kernimpuls, der die Inkarnation trägt. Vielleicht ist es der Wunsch, zu heilen. Oder zu lehren. Zu lieben. Sich zu erinnern oder einfach nur: zu sein.

Diese Absicht ist keine Pflicht. Sie ist ein inneres Versprechen, sich selbst in einer neuen Form zu begegnen.

Doch bevor die Seele aufbricht, lässt sie vieles zurück. Nicht alle Erinnerungen, nicht alle Fähigkeiten, nicht jedes Wissen wird mitgenommen.
Ein Teil bleibt in der Weite des Seelenraums: geschützt, gewahrt und bereit zur späteren Rückverbindung.

Was die Seele mitbringt, ist das, was sie wirklich braucht. Die Essenz. Der leise Klang ihres Ursprungs. Talente, Impulse und auch Sehnsüchte. Hinweise auf das, was in diesem Leben berührt und gelebt werden will.

Und sie bringt Mut mit. Denn Inkarnation bedeutet auch sich zu verdichten. Licht wird Körper. Weite wird Grenze. Und doch liegt in genau dieser Verdichtung die Möglichkeit, Licht in Form zu bringen.

Wer geboren wird, hat JA gesagt. Nicht aus Naivität, sondern aus Tiefe. Aus der Bereitschaft, das Leben mit allen Facetten zu umarmen und um sich selbst darin wiederzufinden.

Die Seele kommt nicht allein. Sie wird empfangen, begleitet, gehalten von jenen, die sie lieben. Und in ihr selbst bleibt das Wissen: Ich bin hier, weil ich es gewählt habe.

Kapitel 5: Wer Du warst, bevor Du hier warst

Du bist nicht mit der ersten Seite Deines Seins in dieses Leben getreten. Du bist ein Wesen aus Licht: weit gereist, viel erfahren und oft gewandelt.

Was Du heute bist, hat Wurzeln in vielen Leben. Nicht als Last, nicht als Ballast, sondern als Schatz.

In Dir leben Erinnerungen, die keine Worte brauchen.
Ein Klang, ein Duft, ein Ort und etwas in Dir weiß:
„Ich war hier. Ich kenne das. Ich bin mehr als dieses Jetzt."

Diese Erinnerung ist keine Fantasie. Sie ist eine Bewegung Deiner Seele zurück zu dem, was immer war.

Manche Spuren aus alten Leben begleiten Dich noch heute. Ängste, Talente, unerklärliche Anziehung und plötzliche Blockaden. Sie sind wie Fäden aus vergangenen Zeiten, die in dieses Jetzt hineinragen; nicht, um Dich zu binden, sondern um Dich zu erinnern.

Du trägst Erfahrungen aus Leben, in denen Du geliebt, gelitten, erkannt, geschworen und vergessen hast.
Und doch blieb in all dem eines unberührt: Dein inneres Licht.

Es hat Dich durch alle Zeiten getragen. Auch wenn es manchmal verdeckt war, denn es ist nie erloschen.

Dieses Kapitel lädt Dich ein, Dich sanft daran zu erinnern.
Nicht, um zu fliehen, sondern um Dich zu weiten.
Nicht, um im Gestern zu verharren, sondern um Dich ganz zu empfangen.

Denn wer Du warst, ist nicht vorbei. Es lebt in Dir.
Und je mehr Du Dich erinnerst, desto klarer wird, wer Du wirklich bist.

5.1 Erinnerung aus der Tiefe der Seele

Es gibt eine Erinnerung, die kein Gedächtnis braucht.
Sie lebt nicht in Deinem Denken, sie ruht tiefer.
Im stillen Raum Deiner Seele.

Vielleicht erinnerst Du Dich nicht bewusst an Deine früheren Leben. Doch manchmal geschieht etwas: leise, plötzlich, ohne Erklärung und etwas in Dir antwortet.

Ein Ort, an dem Du nie warst, berührt Dich wie Heimat.
Ein Mensch, den Du gerade erst triffst, fühlt sich an wie ein Bruder.
Ein Bild, ein Satz, ein Klang und in Dir öffnet sich ein Tor.

Das sind keine Zufälle. Das sind Erinnerungstore. Echos aus dem, was war und was in Dir weiterlebt.

Die Seele erinnert sich. Nicht mit Worten, sondern mit Schwingung. Nicht mit Logik, sondern mit Gefühl.

In Träumen, in inneren Bildern und in körperlichen Reaktionen.
In den Dingen, die Du nicht erklären kannst, welche Du aber tief fühlst. Das ist die Sprache Deiner Seele.

Sie spricht nicht laut. Sie ruft nicht mit Druck. Sie lädt Dich ein: still, liebevoll und geduldig.

Denn Erinnerung ist kein Muss. Sie ist ein Geschenk.

Wenn Du bereit bist, Dich dafür zu öffnen, wirst Du spüren: Du bist nicht am Anfang. Du gehst weiter; geführt von etwas, das Dich kennt.
Nicht der Verstand entscheidet, wann Du Dich erinnerst. Es ist Deine Seele, die den Moment wählt.

Und wenn er da ist, fühlst Du: Das bin ich. Das war ich. Das wirkt noch und darf jetzt heilen, klar werden und weiterfließen.

Du musst nichts erzwingen. Nur offen sein. Denn Deine Seele vergisst nicht.

5.2 Deine früheren Leben und ihre Spuren

Dein jetziges Leben beginnt nicht bei der Geburt. Es beginnt auch nicht mit der Kindheit, nicht mit Deiner Familie und nicht mit Deinem Namen.

Es ist eingebettet in eine größere Geschichte. Die Geschichte Deiner Seele.

Jede Inkarnation hinterlässt Spuren. Nicht als Ballast, jedoch als Erinnerung, Erfahrung und Potenzial.
Manches davon ist geheilt, integriert und rund.
Anderes wirkt noch: leise, oft unbemerkt, aber spürbar.

Vielleicht kennst Du diese Gefühle und Eindrücke:

- Ein starkes „Warum reagiere ich so?“
- Eine Angst, die keinen Ursprung in diesem Leben hat.
- Ein Muster, das sich wiederholt, obwohl Du es längst durchschaut hast.

- Eine Gabe, die scheinbar einfach „da" ist.
- Ein inneres Wissen. Eine tiefe Verbindung zu bestimmten Kulturen, Zeiten und Symbolen.
- Manchmal sogar ein Schmerz, den Du trägst für etwas, das Dir nie „passiert" ist.

Das sind Spuren. Energetische Abdrücke früherer Leben. Unvollendete Kapitel, alte Gelübde und offene Erfahrungen.

Und genau hier treten wir, die Ärzte des Lichts, an Deine Seite. Nicht, um Deine Vergangenheit zu analysieren. Sondern um Heilräume zu öffnen. Räume, in denen die tieferen Schichten Deines Seins berührt und erinnert werden.

Wie wir helfen?
Nicht mit Diagnosen. Nicht mit Techniken. Sondern mit Frequenz. Mit Licht. Mit feiner Führung aus Ebenen, die jenseits des Verstandes wirken.

Wir arbeiten auf Seelenebene; dort, wo Worte nicht mehr greifen, aber Wahrheit fühlbar wird.
Wenn Du bereit bist, JA zu sagen, beginnen sich diese alten Felder zu zeigen; nicht um Dich zu belasten, sondern um sich zu lösen.
Wir halten den Raum, in dem das geschieht. Still. Liebevoll. Kraftvoll.
Du wirst geführt und das in Deinem Tempo und in Deiner Wahrheit.
Die gute Nachricht: Du musst nichts davon behalten.
Du darfst wählen, was weiterwirken soll und was jetzt in Frieden ruhen darf.

Heilung bedeutet nicht, alles zu „verstehen". Heilung heißt: Du erkennst die Wirkung und gibst ihr ein neues Feld. Du gibst der Vergangenheit einen neuen Platz. Nicht mehr im Schatten, sondern im Licht.

Wenn Du Dich also fragst, warum bestimmte Themen in Deinem Leben immer wieder auftauchen, dann frage nicht nur nach diesem Leben. Frage tiefer. Höre stiller. Und Du wirst fühlen: Es geht um mehr.
Nicht, um Dich zu belasten, allerdings um Dich zu erinnern, dass Du groß bist. Weit. Verbunden.

Dass Deine Geschichte nicht nur erklärt, wer Du warst, sondern heilt, wer Du bist. Du bist nicht allein.

5.3 Prägungen, die weiterwirken

Nicht alles, was Du fühlst, ist somit in diesem Leben entstanden. Nicht jede Angst, nicht jeder Zweifel auch nicht jede Zurückhaltung. Es gibt Prägungen, die tiefer reichen wie alte Wurzeln in Deinem Seelenfeld.

Manche kommen aus früheren Leben. Aus Erfahrungen von Trennung, Verrat und Verlust. Aus Gelübden, die in einem anderen Kontext sinnvoll waren, aber Dich heute einengen und limitieren.

- „Ich will nie wieder führen."
- „Ich darf nicht genießen."
- „Ich muss allein gehen."

Solche Sätze wirken wie energetische Programme, auch wenn sie längst nicht mehr zu Dir passen.

Und dann sind da noch alte Ängste. Vor Sichtbarkeit. Vor Nähe. Vor Verantwortung. Oft ist ihr Ursprung nicht zu greifen, doch ihre Wirkung ist spürbar.
Das Herz zögert. Der Körper reagiert. Das Leben hält sich zurück.

Verstehen hilft, doch es reicht nicht. Denn Prägungen sitzen nicht nur im Denken. Sie leben in Deinen Zellen, in Deinen Reaktionen und in Deinem energetischen Feld.
Was heilt, ist die Erinnerung. Nicht als Rückblick, sondern als Rückverbindung.

Wenn Du erkennst: „Das war einst. Und **ich bin** heute."
Wenn Du fühlst: „Ich darf es loslassen."
Dann beginnt etwas Neues.

Du musst nichts beweisen und nichts leisten, um frei zu sein. Du darfst Dich einfach erinnern. Dass Du gewählt hast, hier zu sein als freies Wesen. Dass Du mehr bist als Deine alten Geschichten.
Dass Du jetzt wählen darfst:
Licht statt Last. Vertrauen statt Kontrolle. Freiheit statt Wiederholung.

Die Vergangenheit will nicht festhalten; sie will befreit werden. Indem Du hinsiehst, fühlst, anerkennst und dann: **loslässt**.

5.4 Talente, Gaben und inneres Wissen

Manches kannst Du nicht erklären, Du musst es nicht erklären. Du fühlst es einfach.
Ein tiefes Verstehen. Eine stille Begabung.
Ein Impuls, der nicht aus diesem Leben zu stammen scheint.

Vielleicht ist es Dein Zugang zu Musik, zu Sprache, zu Heilung oder auch zu Menschen. Vielleicht verstehst Du Dinge, die Dir niemand beigebracht hat und doch sind sie da: vertraut, klar und lebendig. Das ist kein Zufall. Es ist Erinnerung.

Denn Deine Seele ist viele Wege gegangen. Sie hat erfahren, gelernt, gewirkt und nichts davon geht verloren.
Alles, was in Liebe und Wahrheit geschah, bleibt Teil Deines Lichtes.

So trägst Du Gaben in Dir, die in anderen Leben gereift sind und jetzt wieder bereitstehen. Oft zeigen sie sich leise. Als Faszination. Als Freude. Als ein „Ich kann das" ohne Erklärung.

Manche dieser Fähigkeiten wollen erinnert, andere neu integriert werden. Sie sind kein Stolz, sondern eine Einladung. Kein Etikett, sondern ein Werkzeug. Denn sie sind nicht für Dich allein. Sie wollen durch Dich wirken. Für andere. Für das Leben. Für das Ganze.

Wenn Du Dich mit Deinem inneren Wissen verbindest, bist Du mehr als ein Lernender und Du wirst zum Erinnernden. Du brauchst keine Erlaubnis, keine Prüfung und kein Zertifikat.

Du brauchst nur ein ehrliches JA zu dem, was durch Dich fließen möchte.

Und wenn Du beginnst, Dich diesem Strom anzuvertrauen, erwachst Du in Deiner wahren Aufgabe: nicht etwas zu werden, sondern zu sein, was Du immer warst.

5.5 Dein Licht durch alle Zeiten

Es gibt etwas in Dir, das niemals verletzt wurde. Etwas, das durch jedes Leben getragen wurde, durch Schmerz, Freude, Zweifel oder auch Neubeginn und dennoch klar blieb.

Dieses Etwas ist Dein innerstes Licht. Nicht Dein Körper, nicht Dein Name, nicht einmal Deine Persönlichkeit, sondern Dein wahres Wesen. Rein, strahlend und unversehrt.

In jeder Inkarnation hast Du Erfahrungen gemacht, manche leicht und andere schwer. Du hast geliebt und verloren, geheilt und gezweifelt, vergeben und gehofft.
Und doch: Etwas in Dir blieb immer heil.

Manche nennen es das „Höhere Selbst". Andere nennen es Seele. Wir nennen es: Lichtbewusstsein.

Dieses Licht war immer da. Auch wenn Du es vergessen hast. Auch wenn Du meintest, getrennt zu sein. Auch wenn das Leben Dich gebeugt hat.

Es war da. Still. Wartend. Bereit.

Denn Du bist nicht Dein Schmerz. Nicht Deine Geschichte. Nicht Deine Fehler.
Du bist das Licht, das durch jede dieser Erfahrungen leuchtet und sie in Weisheit verwandelt.

Wenn Du heute in Dich hineinspürst, mag es Schichten geben aus Angst, Schutz und Gewohnheit.
Doch darunter: Dieses Leuchten. Still. Warm. Wahr.
Und je mehr Du Dich erinnerst, desto klarer wird es. Nicht, weil es größer wird, sondern weil Du es wieder zulässt.

Dein Licht kennt keine Zeit. Es kennt keine Schuld. Es kennt keine Trennung. Es war nie fort und wartet darauf, dass Du Dich wieder mit ihm verbindest.

5.6 Die Rückerinnerung als Heilweg

Manchmal ist es nicht das Neue, das heilt, sondern das Wiederentdeckte. In Dir lebt ein Wissen, das nicht gelernt wurde, aber getragen. Es stammt aus Erfahrungen, aus gelebten Leben, aus Wegen, die Deine Seele längst gegangen ist. Diese Erinnerung ist kein Rückschritt, kein Festhalten am Vergangenen. Sie ist ein Schlüssel.

Wenn Du Dich erinnerst, klären sich Wege. Ängste, die keinen sichtbaren Ursprung haben, beginnen sich zu lösen. Fähigkeiten, die Du Dir nie erklären konntest, finden ihren Ursprung. Und Schmerz, der nicht geheilt werden konnte, beginnt zu wandeln durch Erkenntnis, durch Vergebung und durch Licht.

Heilung durch Erinnerung bedeutet nicht, alles zu wissen. Es bedeutet, innerlich Ja zu sagen zu dem, was war und dem, was dadurch in Dir gewachsen ist.

Du musst nicht zurück, um voranzugehen. Aber Du darfst Dich erinnern, um freier zu werden.

Denn was Du anerkennst, bindet Dich nicht länger. Und was Du in Liebe ansiehst, verliert seine Macht.

Dein Weg ist nicht die Flucht vor dem Alten, sondern die bewusste Rückkehr in Deine Ganzheit.

Du bist nicht hier, um zu vergessen.
Du bist hier, um Dich zu erinnern
und in diesem Erinnern heil zu werden.

Kapitel 6: Schuld, Angst, Karma und der Weg zur Heilung

Wie bereits im vorherigen Kapitel besprochen, gibt es diese Prägungen, die wir nicht erklären können und doch sind sie da. Eine scheinbar grundlose Scham. Eine wiederkehrende Angst. Ein unbestimmtes Gefühl von Schuld, welches wie ein Schatten in bestimmten Lebensbereichen liegt.

Diese inneren Muster sind oft keine bloßen Gedanken oder Erfahrungen aus diesem Leben. Sie stammen aus tieferen Ebenen, aus Deiner Seele, aus anderen Zeiten und aus übernommener Energie.

Viele dieser Eindrücke sind nicht „falsch" oder „selbstgemacht"; sie sind mitgebracht.
Sie sind Ausdruck von Karma, von alten Versprechen, von Erfahrungen, die in Deinem Feld gespeichert sind, auch wenn Dein Verstand sie längst vergessen hat.

Doch Du bist nicht diesen Mustern ausgeliefert. Du bist hier, um Dich zu erinnern und um sie zu heilen. Nicht durch Schuldzuweisung. Nicht durch Wiederholung, sondern durch Licht, Bewusstsein und Vergebung.

Heilung beginnt mit dem Anerkennen dessen, was war und mit dem JA zu dem, was jetzt möglich ist.

In diesem Kapitel sprechen wir darüber:

- Was Karma wirklich bedeutet.
- Warum keine Strafe auf Dich wartet.
- Und wie Du Dich von alten Gelübden, Ängsten und Schuldstrukturen befreien kannst.

Wenn Du bereit bist, zu vergeben auch Dir selbst, öffnet sich ein neuer Raum: Nicht der Rückschau, sondern der Freiheit.

6.1 Was Karma wirklich ist

Karma ist eines der am meisten missverstandenen Konzepte. Viele glauben, es sei eine kosmische Rechnung; ein System von Strafe und Belohnung. Doch das ist es nicht.

Karma ist Erinnerung. Eine Form von energetischem Abdruck, der aus vergangenen Erfahrungen entsteht. Es geht nicht um „Schuld“, es geht um Wirkung. Um Lernen. Um Balance.

Was Du aussendest an Gedanken, Worten, Taten und Haltungen, erschafft Resonanz.
Nicht als Strafe, sondern als Gelegenheit zur Erkenntnis. So wirkt Karma nicht wie ein Richter, sondern wie ein Spiegel.

Auf Seelenebene bedeutet Karma:
Du begegnest dem, was noch ungeheilt ist. Nicht, um zu leiden, sondern um zu heilen. Nicht, weil Du „falsch" gehandelt hast, jedoch weil Deine Seele sich erinnern möchte, was wahrhaftig ist.

Jede Erfahrung und hiermit sind auch die schmerzhaften gemeint, sind damit nicht sinnlos. Sie sind Schritte zurück in die Ganzheit.
Das bedeutet nicht, dass Du alles ertragen musst. Es bedeutet, dass Du jederzeit neue Ursachen setzen kannst durch Bewusstsein, durch Mitgefühl und durch Liebe.
Karma ist Bewegung.

Wenn Du in die Stille gehst, in die Wahrheit und in die Vergebung, löst sich Karma auf. Nicht durch Kampf, sondern durch Klarheit.

Das Gesetz von Ursache und Wirkung wirkt nicht um Dich zu bestrafen; es wirkt, damit Du Dich erinnerst:
Du bist SchöpferIn. Du bist verbunden. Und Du darfst jederzeit neu wählen.

6.2 Die Illusion von Schuld

Schuld ist schwer und legt sich wie ein dunkler Schleier auf das Herz: leise, fordernd und oft unsichtbar.

Doch Schuld ist kein Naturgesetz. Sie ist ein Konstrukt, welches entstanden ist aus Trennung, aus Angst und aus Macht.

Viele Religionen haben mit der Schuld gearbeitet (und tun dies noch heute). Sie machten Schuld zum Werkzeug: zur Kontrolle, zur Bindung, zur Abhängigkeit und nicht selten auch zum Geschäft.
Ablassbriefe, ewige Verdammnis und das Bild eines strafenden Gottes. All das hat tiefe Spuren hinterlassen im kollektiven Bewusstsein der Menschheit.
Doch die Seele kennt keine Schuld. Sie kennt Erkenntnis, Reue, Entwicklung; aber kein Urteil.

Schuld sagt: „Ich bin schlecht." Heilung sagt: „Ich bin bereit, mich wahrhaft zu erkennen."

Solange Du Schuld in Dir trägst, bewusst oder unbewusst, hältst Du Dich selbst klein. Du verhinderst, dass Licht durch Dich fließt, weil Du glaubst, es nicht zu verdienen.

Du bist kein Fehler. Du bist ein Schritt der Seele auf dem Weg in ihre Ganzheit.

Vergebung ist nicht ein göttliches Urteil von außen; sie ist ein innerer Akt der Befreiung. Nicht, weil alles „richtig" war, sondern weil Du verstehst, dass Du damals nicht mehr wissen konntest.

Die Seele entwickelt sich nicht durch Strafe. Sie wächst durch Bewusstwerdung, Mitgefühl und den Mut zur Veränderung. Wenn Du den Weg der Heilung gehst, lass die Schuld hinter Dir. Sie ist kein heiliges Werkzeug; sie ist ein Schatten aus alten Zeiten.

Befreiung von Schuld

Ich lasse los, was mich klein hält.
Ich entlasse die Schuld aus meinem Herzen und meinem Geist.
Nicht, weil es vergessen werden soll,
sondern weil ich bereit bin zu lernen und zu lieben.

Ich erlaube mir neu zu beginnen.
In Wahrheit, Mitgefühl und Licht.
Denn ich bin nicht meine Schuld.
Ich bin das Bewusstsein, das sich erinnert.
Ich bin frei.

Du bist hier, um Dein wahres Wesen zu leben: Du bist mehr als Dein Gestern. Du bist das Licht, das sich erlaubt, jetzt zu leuchten.

6.3 Angst als Spiegel des Getrenntseins

Angst ist nicht Dein Feind. Angst ist ein Spiegel.
Ein Ausdruck des Moments, in dem Du vergessen hast, wer Du bist. Die tiefste Form der Angst ist nicht vor einem Ereignis, vor dem Tod oder dem Verlust. Die tiefste Angst ist die, getrennt zu sein; vom Licht, vom Ursprung und von Dir selbst.

Wenn Du Dich vom Licht getrennt fühlst, entsteht Leere und diese Leere füllt sich schnell mit Sorgen, Zweifeln und Unsicherheit.
Die Welt erscheint plötzlich bedrohlich, der Körper verletzlich, das Leben ungewiss. Doch diese Trennung ist niemals endgültig, denn sie ist eine Erfahrung, keine Wahrheit.

Denn in Wahrheit warst Du nie getrennt. Du hast Dich nur abgewendet; für einen Moment, für eine Inkarnation, für eine Lektion. Und Angst ist das Echo dieses Abwendens.

Sobald Du beginnst Dich wieder zu verbinden mit Deiner Seele, mit dem Licht, mit der Erinnerung an das, was Dich trägt, verändert sich die Qualität der Angst.

Sie wird leiser. Sie verwandelt sich. Sie wird zur Schwelle, nicht zur Mauer.

Du erkennst: Die Angst war nicht das Ende; sie war der Ruf nach Heimkehr. Nicht das Zeichen von Schwäche, sondern der Impuls, Dich wieder zu erinnern.

Angst heilt nicht durch Kampf. Sie heilt durch Präsenz. Durch Hinspüren. Durch Annahme. Durch Licht.

Wenn Du bereit bist, nicht mehr vor der Angst davonzulaufen, sondern ihr zu begegnen wie einer verlorenen Freundin, wirst Du etwas Wunderbares entdecken:

In ihrem Kern war nie Dunkelheit. In ihrem Kern war nur der Wunsch Dich zurück ins Licht zu führen.

6.4 Alte Gelübde und innere Versprechen

Manche Blockaden in Deinem Leben haben keinen sichtbaren Ursprung. Sie sind nicht in Deiner Kindheit verankert, nicht in äußeren Umständen erklärbar und doch halten sie Dich zurück: unsichtbar, aber machtvoll.

Das kann ein wiederkehrendes Gefühl von Schuld sein, ein Verbot, Fülle zu empfangen, eine unbewusste Ablehnung von Nähe oder der Zwang immer für andere da zu sein; selbst auf Kosten Deiner selbst.

Die Wurzel liegt oft in alten Gelübden. In Versprechen, die Du einst gegeben hast: aus Überzeugung, aus Angst und aus Liebe.
Gelübde der Armut, der Keuschheit und des Schweigens.
Schwüre der Treue, des Leidens und der Entsagung.
Nicht immer religiös. Auch nicht immer bewusst. Doch immer wirkungsvoll über Leben hinweg.

Ein Gelübde ist ein energetischer Vertrag. Und Energie kennt keine Zeit. Einmal ausgesprochen wirken Gelübte weiter, bis sie gesehen und erlöst werden.

Vielleicht hast Du einst geschworen:
„Ich werde nie wieder Macht haben."

„Ich werde nie mehr lieben."
„Ich werde nie wieder reich sein, wenn andere arm sind."
„Ich werde immer dienen, egal was es mich kostet."

Diese Schwüre bleiben in Deinem Energiefeld, nicht als Strafe, sondern als Erinnerung. Und wenn Du heute gegen unsichtbare Grenzen läufst, dann ist das kein Scheitern; es ist ein Ruf zur Klärung.

Gelübde wollen nicht ignoriert werden, sie wollen erlöst werden. Nicht durch Abwehr, sondern durch Bewusstsein. Nicht durch Wut, sondern durch Klarheit.

Wenn Du spürst, dass da etwas ist, das nicht aus diesem Leben stammt, dann setze Dich hin, öffne Dein Herz und sprich:

„Ich erkenne dieses alte Versprechen an. Es war einst wichtig. Es diente mir. Doch jetzt entlasse ich es aus meinem Feld in Liebe, in Dankbarkeit und in Freiheit."

Das ist keine Magie. Es ist Erinnerung. Und Erinnerung ist Heilung.
Denn wenn Du erkennst, dass Du einst gewählt hast, dann erkennst Du auch, dass Du heute neu wählen darfst. Heute darfst Du JA sagen zu Fülle, zu Nähe und zu Freiheit. Ohne Schuld. Ohne Schwur. Ohne Vertrag.
Einfach, weil Deine Seele bereit ist, neu zu leben.

6.5 Der Weg der Vergebung

Vergebung ist kein Freispruch für das, was geschehen ist und es ist keine Bestätigung, dass alles „in Ordnung“ war. Und doch ist Vergebung ein Schritt in Deine Freiheit.

Denn solange Du an Schmerz, Wut oder Enttäuschung festhältst, bist Du gebunden: an das Ereignis, an die Person und an die Vergangenheit. Nicht weil Du schwach bist, jedoch weil Du verletzt wurdest.
Doch Heilung beginnt dort, wo Du erkennst: Du bist nicht mehr die Wunde. Du bist die Person, die sie jetzt halten kann.

Vergebung heißt nicht, dass Du alles gutheißen musst. Es heißt auch nicht, dass Du Dich noch einmal verletzen lassen sollst.
Vergebung bedeutet: Du entziehst dem Alten die Macht über Dein Jetzt.

Es ist ein inneres Lösen; nicht aus Naivität, sondern aus tiefer Klarheit und Selbstverantwortung. Du erkennst, dass der Schmerz real war, aber dass Du Dich nicht ewig an ihn binden musst.
Manchmal geht es auch um Selbstvergebung. Um den Mut, Dir selbst zu vergeben für Entscheidungen, Irrwege, alte Muster. Denn oft sind wir mit uns selbst am härtesten. Wir tragen Schuldgefühle, die uns nicht zustehen, verurteilen uns für Dinge, die wir damals nicht besser wussten.

Doch das Licht in Dir verurteilt nicht. Es sieht und es heilt.

Vergebung ist kein Ziel. Sie ist ein Weg zurück in Deine eigene Wahrheit. Ein Weg, der Dich nicht verändert, um jemand anderes zu werden, sondern um wieder Du selbst zu sein.

Sprich bitte folgende Worte:

Ich lasse los was war,
nicht um es zu vergessen,
sondern um frei zu sein.
Ich vergebe in Liebe,
mir und Dir,
damit der Frieden wieder fließen kann.

Denn Du bist nicht der Schmerz. Du bist das Licht, das ihn durchschaut.
Und wenn Du vergibst, verlierst Du nichts, aber Du gewinnst Dich selbst zurück.

6.6 Befreiung durch Lichtbewusstsein

Heilung ist kein äußeres Ereignis. Sie beginnt in Deinem Bewusstsein; dort, wo Du Dich erinnerst, wer Du wirklich bist.

Denn alles, was Du erlebt hast, wie Schmerz, Angst, Mangel und Zweifel, hat auch eine Spur in Deinem Körper hinterlassen. Nicht nur als Symptom, sondern als Schwingung, als Information in Deinen Zellen.

Doch genauso wie sich Verletzung in Dir gespeichert hat, trägt Dein Zellbewusstsein auch das Urbild Deiner Ganzheit. Ein Feld reiner Ordnung, Klarheit und Licht.

Wenn Du Dich wieder mit diesem Lichtbewusstsein verbindest, beginnt Heilung auf tiefster Ebene:
Nicht als Kampf gegen Krankheit, sondern als Rückkehr in die Erinnerung Deiner Vollkommenheit.
Und einer der kraftvollsten Schlüssel auf diesem Weg ist Vergebung. Vergebung ist kein Nachgeben. Sie ist ein Freigeben von alten Bildern, von Anklagen, Erwartungen und Bindungen an das Gestern.

Wenn Du vergibst, schenkst Du Dir selbst das Licht zurück, das einst durch Schmerz verdeckt wurde.
Du lässt los, nicht um das Geschehene gutzuheißen, sondern um Dich selbst zu befreien.

Denn solange Du innerlich festhältst: an Schuld, an Groll und an Dir selbst, bleibt auch Dein Licht gebunden.
Vergebung löst diese Knoten. Nicht im Außen, sondern in Deinem eigenen Feld.

Und so geschieht Heilung nicht trotz, sondern durch Vergebung: Dein System beginnt, sich neu zu orientieren und das an Liebe statt Angst, an Wahrheit statt Schuld und an Licht statt Schatten.

Das bedeutet nicht, dass alles sofort verschwindet. Doch Du wirst spüren: Etwas beginnt sich zu lösen. Etwas wird leichter, weiter und klarer.
Du bist nicht hier, um perfekt zu sein. Du bist hier, um ganz zu sein. Und Deine Ganzheit beginnt dort, wo Du Dich wieder als Lichtwesen erkennst; verkörpert in einem menschlichen Körper, verbunden mit einer ewigen Quelle.

Je mehr Du in Deinem Alltag das Lichtbewusstsein zulässt, je öfter Du Dich für Vergebung entscheidest, desto mehr verändert sich auch das, was Du für „gegeben" gehalten hast:

Dein Körper.
Deine Gedanken.
Deine Beziehungen.
Deine Möglichkeiten.

Denn das Licht heilt nicht nur, es vergibt und befreit. Und genau dazu bist Du jetzt eingeladen. Nicht irgendwann, sondern JETZT.
Nicht, wenn Du fertig, vollkommen oder bereit bist. Sondern weil Du bereit bist, Dich zu erinnern.

Du musst nichts leisten, nichts beweisen. Es reicht ein stilles JA in Deinem Inneren. Ein JA zum Loslassen. Ein JA zur Vergebung. Ein JA zum Licht in Dir.

Erinnere Dich: Heilung geschieht nicht durch Anstrengung, sondern durch Öffnung. Wenn Du Dich öffnest, beginnt das Licht zu fließen. Wenn Du vergibst, kehrt Frieden in Deine Zellen zurück.
Und je mehr Du Dich in Deinem Alltag an Dein Lichtbewusstsein erinnerst: durch Stille, Atem, Achtsamkeit, Gebet oder Berührung, desto mehr wirst Du selbst zum Raum der Heilung. Nicht für andere zuerst, sondern für Dich.

Impuls:
Nimm Dir heute einen Moment.
Lege Deine Hände auf Dein Herz.
Atme.
Und sage still:

Ich vergebe mir. Ich vergebe Dir. Ich lasse los. Ich erlaube Licht. Ich öffne mich für die Erinnerung meines wahren Seins und lasse los, was mich begrenzt hat.

Alles, was mir nicht mehr dient, darf jetzt gehen. Ich wähle Heilung: Zelle für Zelle, Atem für Atem.

In Licht und Wahrheit entlasse ich die alten Spuren.
Ich bin bereit, mich neu zu ordnen: frei, ganz und verbunden.

So beginnt Befreiung.

Sanft. Echt. Jetzt.

Und Du wirst sehen: Das Licht antwortet und das immer.

Kapitel 7: Der Übergang für die Zurückbleibenden

Wenn ein geliebter Mensch geht und Du bleibst

Es gibt Momente, die unser Innerstes erschüttern. Der Tod eines geliebten Menschen gehört zu diesen Erfahrungen. Plötzlich ist da eine Leere, ein Stillstand im Alltag und ein Raum, der nie wieder so gefüllt sein wird wie zuvor. Du wachst auf, doch der Mensch, den Du liebst, ist nicht mehr greifbar. Und Du fragst Dich: Wie soll es weitergehen?

Dieses Kapitel ist Dir gewidmet.
Dir, welcher zurückbleibt.
Dir, welcher fühlt.
Dir, welcher trägt.
Erinnerungen, Tränen, Fragen,
vielleicht Schuld oder Reue.
Und Dir, welcher sich wünscht,
den geliebten Menschen noch einmal zu sehen,
zu hören und zu umarmen.

Doch was, wenn der Abschied kein Ende ist?
Was, wenn die Verbindung bleibt und das nur auf andere Weise?

Vielleicht ist es nicht vorbei, sondern verwandelt.
Nicht die Zeit zählt, die vergangen ist, sondern das, was lebendig bleibt: Liebe vergeht nicht. Bewusstsein vergeht nicht. Die Seele bleibt.
Es geht nicht darum, etwas festzuhalten, jedoch das Wesentliche zu fühlen; das, was tiefer wirkt als Worte und weiter reicht als Zeit.
Du darfst trauern. Du darfst vermissen. Und Du darfst auch wieder fühlen, dass Nähe möglich bleibt, jenseits von Raum und Zeit.

Dieses Kapitel begleitet Dich durch die Trauer, nicht um sie zu beenden, sondern um dieser Trauer Tiefe, Würde und leises Vertrauen zu schenken. Du bist nicht allein. Die „Über-Gegangenen“ bleiben auf ihre Weise nah.
Nur einen Schleier entfernt und doch in tiefer Verbindung.

7.1 Die Sprache der Trauer

Trauer ist keine Störung und kein Fehler, welchen es zu beheben gilt. Trauer ist eine uralte Sprache der Seele und eine Antwort auf Liebe, die keinen Ausdruck mehr im Außen findet.

Wenn ein geliebter Mensch geht, entsteht eine Leere. Nicht, weil dieser Mensch wirklich fort ist, sondern weil die Form, in der Du ihn kanntest, sich verändert hat. Und diese Veränderung berührt alles: Deinen Tagesrhythmus, Deine Gedanken und auch Dein Herz.

Trauer ist mehr als Tränen. Sie ist auch Wut, Stille, Verzweiflung und Erschöpfung, manchmal auch Erleichterung.
Alles darf da sein. Alles gehört dazu.
Du musst nichts wegdrücken, nichts überspringen und nichts beschleunigen; denn Trauer ist kein Problem, das gelöst werden will. Trauer ist ein heiliger Prozess, der Dich durch das Unfassbare trägt.

Schmerz und Liebe gehören zusammen. Weil Du geliebt hast, tut es so weh und genau darin liegt auch die Kraft:
Die Tiefe Deiner Trauer ist ein Spiegel der Tiefe Deiner Verbindung.

Vielleicht fühlst Du Dich manchmal verloren in der Welle dieser Emotionen. Doch was Du da fühlst, ist keine Schwäche, es ist Erinnerung. Es ist Menschlichkeit. Es ist Liebe, die keinen Ort mehr im Außen findet und sich langsam einen neuen Raum im Inneren sucht.

Wenn Du trauerst, bist Du nicht falsch. Du bist mitten auf dem Weg zurück zu Dir. Mitten im Übergang, den nicht nur der Verstorbene geht, sondern auch Du.
Und auch wenn es jetzt schwer ist zu glauben:
Dieser Weg wird heller. Langsam. Ehrlich. Sanft.

Denn die Liebe bleibt; auch wenn alles andere sich verändert.

7.2 Der Schmerz des Abschieds

Abschied ist nie nur ein Moment. Abschied ist ein Prozess, der sich durch Körper, Herz und Seele zieht.
Wenn ein geliebter Mensch stirbt, bleibt oft mehr zurück als nur Stille. Da ist Schmerz. Da ist Leere. Da ist Wut. Da ist manchmal auch Schuld für das, was nicht gesagt wurde, nicht getan wurde, nicht vergeben wurde.

Doch all das gehört zu einem Übergang, der größer ist als Worte. Loslassen tut weh, weil Verbundenheit echt war.
Du hast gehalten, geliebt und geteilt. Der Mensch, der gegangen ist, war Teil Deines Lebens, Deines Alltags und Deines Innersten.
Und dieses Fehlen berührt genau diese Stellen.

Viele Menschen erleben in dieser Zeit Schuldgefühle.
Sie fragen sich: Habe ich genug getan? War ich da? Hätte ich mehr spüren, sagen oder retten müssen?

Doch Schuld ist oft ein Ausdruck von Ohnmacht. Ein Versuch, einen Sinn zu finden, wo keiner sichtbar ist.
Bitte erinnere Dich: Niemand lebt oder stirbt perfekt und niemand liebt fehlerfrei.

Der Schmerz ist nicht das Ende. Der Schmerz ist ein „Wandlungsfeuer".
Trauer verändert Dich; nicht auf Knopfdruck, nicht linear, aber tief. Sie formt Dich neu. Und manchmal, mitten im Rückzug, mitten im Weinen geschieht etwas:
Ein kleiner Funke Erinnerung.
Ein Moment von Nähe, die nicht greifbar, aber spürbar ist.
Ein inneres Wissen: Er oder sie ist nicht ganz fort.

Die übergegangene Seele möchte nicht, dass Du leidest.
Die Seele, die gegangen ist, möchte nicht, dass Du in der Schuld verharrst. Sie sieht Dich. Sie kennt Deine Liebe. Und sie ruft Dich nicht in den Schmerz, sondern in die Wandlung.
Sie wünscht sich nicht Deine Tränen, sondern Dein Leben.
Sie will, dass Du glücklich bist. Dass Du weiterlebst und -liebst. Dass Du liebst, was Du bist, wie Du bist und wo Du bist. Sie will nicht, dass Du in der Vergangenheit festhängst, sondern dass Du Dich wieder öffnest. Für die Schönheit, die bleibt. Für das Leben, das ruft. Für den nächsten Schritt, den nur Du gehen kannst.
Sie ist nicht fort. Sie ist verwandelt und sie lebt weiter in allem, was Du aus Liebe tust.

Abschied bedeutet nicht, dass alles vorbei ist. Es bedeutet, dass sich die Form verändert. Was bleibt, ist Verbindung, jenseits der Worte, jenseits der Zeit.
Und irgendwann wirst Du spüren: Der Schmerz ist nicht mehr nur Verlust; der Schmerz ist Teil einer neuen Nähe.

7.3 Zeichen der Nähe

Wenn ein geliebter Mensch geht, bleibt nicht nur Leere. Manchmal geschieht etwas: leise, kaum greifbar und doch tief berührend. Ein Lied im Radio das genau in dem Moment erklingt. Ein Schmetterling, der plötzlich auf Deiner Schulter landet. Ein Traum, so real, dass Du am Morgen noch ihre oder seine Wärme spürst.

Solche Zeichen sind kein Zufall. Sie sind Spuren der Verbindung, die nie endete. Denn wer wirklich geliebt hat, bleibt verbunden und das über den Tod hinaus.

Verstorbene Seelen wirken nicht mehr durch Worte, aber durch Frequenzen, Berührungen und Impulse.
Sie zeigen sich in Bildern, Gefühlen, Eingebungen und das nicht laut, nicht fordernd, sondern still.
Wenn Du lernst, hinzuhören; nicht mit den Ohren, sondern mit Deinem inneren Raum wirst Du sie spüren.
Nicht jeden Tag, nicht auf Befehl, aber dann, wenn Du offen bist.

Die Seele, die gegangen ist, will Dir zeigen:
„Ich bin da. Ich sehe Dich. Ich liebe Dich."
Und manchmal reicht ein Windhauch, ein Lichtstrahl durch das Fenster, ein inneres Lächeln um zu wissen:

Du bist nicht allein und Du wirst nie allein sein.

7.4 Die bleibende Verbindung

Manchmal denken wir, ein Mensch sei wirklich weg, wenn er stirbt. Doch das ist nur die halbe Wahrheit.

Die Verbindung zwischen Seelen endet nicht mit dem Tod. Sie wandelt sich. Denn was Euch wirklich verbunden hat, war nicht der Körper. Es war Liebe. Vertrauen. Resonanz.

Und Liebe stirbt nicht. Sie bleibt. Nicht als Schmerz, sondern als stilles Leuchten im Inneren.

Seelen, die sich wirklich erkannt haben, bleiben in Beziehung, auch wenn sie nicht mehr nebeneinandersitzen, sprechen oder sich berühren. Denn Seelen kennen keine Entfernung.
Sie antworten auf Erinnerung, auf Herzöffnung und auf ehrliche Sehnsucht.

Wenn Du still wirst, kannst Du ihre Nähe fühlen. Wenn Du ein Licht anzündest, kannst Du spüren, wie sie „da" ist. Wenn Du von Herzen sprichst, auch im Inneren, wird diese Verbindung lebendig.

Du darfst Rituale gestalten: ein Brief, ein Licht, ein Foto oder ein Lied.
Nicht, um festzuhalten, sondern um weiterzulieben. Nicht, um festzuklammern, sondern um zu erinnern:
„Wir sind und bleiben verbunden."

Und jedes Mal, wenn Du die Liebe über den Schmerz stellst, wird die Verbindung heller. Nicht weil Du etwas tust, sondern weil Du fühlst was wirklich bleibt.

Die Seele, die gegangen ist, ist nicht fort. Sie ist bei Dir im Licht, im Herzen und in der Tiefe Deines Seins. Und manchmal genügt ein Gedanke um diese Nähe wieder zu spüren.

7.5 Begleitung in der Zeit der Trauer

Trauer ist kein Zustand, welcher „behoben" werden muss.
Trauer ist ein Raum, welcher gehalten werden will.

Wenn ein geliebter Mensch jemanden verliert, wünschen sich viele Helfende, etwas tun zu können: trösten, erklären, aufbauen und stark sein.
Doch oft ist das größte Geschenk nicht das Tun, sondern das Dasein.

Wirkliche Begleitung in der Zeit der Trauer heißt:
nicht weichen, nicht bewerten und nicht beschleunigen.
Es braucht keinen klugen Satz. Es braucht keine Lösung. Es braucht nur Dich: präsent, offen und leise.

Viele Menschen spüren in der Trauer ein tiefes Alleinsein.
Nicht, weil niemand da ist, sondern weil sich kaum jemand wirklich mit dem Schmerz hinsetzt.

Raum halten heißt: Du bleibst. Mit offenem Herzen. Auch wenn Du nichts sagen kannst. Auch wenn es still ist. Auch wenn Tränen fließen und Du keine Antwort hast.

Du hältst den Raum; nicht, um zu reparieren, sondern um zu bezeugen, dass der Schmerz existieren darf.

Als Lichtbegleiter oder Angehöriger darfst Du Dich erinnern: Es geht nicht darum „aufzumuntern“. Es geht darum, da zu sein, wenn jemand fällt, bis er selbst wieder aufstehen kann.

Gib dem Trauernden die Erlaubnis, alles zu fühlen:
Wut. Schuld. Leere. Sehnsucht.
Und dann sei einfach bei ihm. Nicht als „Helfer“, sondern als Mensch.
Denn wahre Hilfe geschieht nicht durch Worte. Sie geschieht durch Gegenwart und in dieser Gegenwart kann Heilung still beginnen.

7.6 Die neue Beziehung zum Gehenden

Wenn ein geliebter Mensch stirbt, verändert sich nicht nur die äußere Wirklichkeit, es wandelt sich auch die Beziehung.

Was vorher durch Berührung, Worte und Nähe lebte, wird nun stiller. Doch es hört nicht auf. Es verändert die Form.

Viele Menschen glauben, mit dem Tod sei alles vorbei. Doch die Seele des Gegangenen bleibt mit Dir verbunden, nicht mehr auf der Ebene der Stimme oder der Gesten, sondern auf der Ebene des Herzens.
Ein innerer Dialog beginnt. Sanft. Leise. Nicht immer bewusst, aber stets spürbar.

Lichtworte zur bleibenden Verbindung:

Ich habe Dich nicht verloren,
Du wandelst nur die Form.
Nicht mehr in meinen Armen,
doch tief in meinem Herz geboren.
Und dort bleibst Du – ganz nah.

Wie auch:

Deine Seele kennt kein Ende,
nur ein neues Sein im Licht.
Ich höre Dich im Stillen,
fühle Dich im Wind
und liebe Dich weiter.

Du wirst vielleicht spüren, dass er oder sie in bestimmten Momenten bei Dir ist. Ein Gedanke, der plötzlich auftaucht. Ein Duft, ein Lied, ein Windhauch auf der Haut oder ein Satz in Deinem Inneren, der sich nicht wie Dein eigener anfühlt.

Das ist keine Fantasie. Es ist Verbindung.

Der Abschied schafft Raum für eine neue Nähe jenseits von Zeit und Körper. Diese Verbindung basiert nicht auf Sehnsucht, sondern auf Liebe und Vertrauen.

Du kannst mit dem Gehenden sprechen. Du kannst ihm zuhören. Nicht in Worten, wie früher, aber in Impulsen und in stiller Klarheit.

Diese neue Beziehung ist frei von Erwartungen. Sie ist ein Geschenk. Ein Weiterlieben in feinerer Form.

Und irgendwann, wenn der Schmerz stiller wird, kann diese Verbindung Dich tragen wie ein unsichtbares Band, welches Dich erinnert:

Du bist nicht allein.
Nie gewesen.

Kapitel 8: Begleitung im Licht für Angehörige und Lichtträger

Wenn ein Mensch stirbt, ist das nicht nur ein körperlicher Prozess; es ist eine Seelenreise und niemand sollte diesen Übergang allein gehen müssen.

Sterbebegleitung ist keine Pflicht. Sie ist ein Geschenk für den Gehenden wie den Bleibenden. Ein heiliger Raum, in dem nicht gerettet werden muss, sondern gehalten, gehört und geliebt.

Viele fühlen sich in solchen Momenten ohnmächtig. Sie fürchten das Falsche zu sagen oder glauben nichts tun zu können.
Doch das Wichtigste, was Du geben kannst, ist: Dein Dasein.

Nicht die richtigen Worte zählen, sondern die stille Gegenwart. Nicht Lösungen, sondern Verbundenheit.

Ob als Angehörige, Begleiterin oder Lichtträger:
Wenn Du lernst, in diesem Übergang nicht zu fliehen, sondern zu bleiben, wird der endgültige Übergang nicht nur weniger bedrohlich; der Übergang wird ein Raum für Wahrheit, für Frieden und für Licht.

In diesem Kapitel teilen wir Impulse wie Du Sterbende in Würde begleiten kannst, ganz unabhängig, ob Du medizinisch geschult bist oder nicht. Denn die Seele braucht keine Technik. Sie braucht Echtheit und Liebe.

8.1 Die heilige Schwelle erkennen

Es gibt einen Moment, in dem sich etwas verändert: Nicht laut, nicht sichtbar für jeden, aber fühlbar.
Die Atmosphäre wird stiller, dichter und weiter. Der Blick der Sterbenden beginnt sich zu lösen. Die Zeit dehnt sich, als wolle sie mehr Raum geben. Das ist die Schwelle.

Ein heiliger Übergang, bei dem nicht nur der Körper sich verabschiedet, sondern auch die Seele beginnt, sich zu lösen: sanft, achtsam und geführt.

Manche nehmen es als inneres Wissen wahr: Jetzt beginnt der Abschied.
Andere erleben Zeichen: eine veränderte Atmung, ein Blick ins Leere, eine plötzliche Ruhe, als würde sich ein Licht öffnen, welches kein Auge sieht.

- Du musst nichts „wissen“, um diese Schwelle zu erkennen.
- Du brauchst keine Ausbildung und keine richtigen Worte.
- Du brauchst nur eines: **Deine präsente Liebe.**

Denn an der Schwelle geschieht nichts, was „behandelt“ werden müsste. Was jetzt zählt, ist nicht das Sprechen, sondern das „Da-Sein“.
Halte Raum. Sei still. Atme mit. Lege eine Hand auf die Schulter, wenn es stimmig ist. Vertraue der Seele, die geht und der, die bleibt.

Die heilige Schwelle ist kein Abgrund. Sie ist ein Lichttor. Und wer als BegleiterIn in Liebe bleibt, wird selbst berührt von der Tiefe, die in diesem Moment lebendig wird.

8.2 Raum halten statt retten

Viele Menschen glauben, sie müssten im Angesicht des Todes etwas sagen, etwas lösen oder etwas retten.
Doch der tiefste Dienst an einem Sterbenden ist nicht das Tun, es ist das SEIN.

Wenn ein Mensch sich auf seine letzte Reise begibt, braucht dieser keine Ratschläge, keine Erklärungen und keine gut gemeinten Sätze. Der Mensch braucht einen Raum, in dem er so sein darf, wie er ist.
Mit allem: Angst, Frieden, Weinen und Loslassen.

„Raum halten" heißt:

Dasein, ohne verändern zu wollen.
Nicht eingreifen, mittragen.
Nicht sprechen, hören.
Nicht erklären, fühlen.

Es erfordert Mut, einen Menschen nicht „wegzutrösten".
Mut, die eigene Hilflosigkeit zuzulassen und sie als Teil der Liebe zu verstehen. Denn wahre Begleitung geschieht nicht durch Aktion, sondern durch Präsenz.

Wenn Du nur da bist, mit offenem Herzen, mit wacher Stille, dann entsteht ein heiliger Raum.
Ein Raum, in dem der Sterbende sich selbst begegnen kann - ohne Druck und ohne Erwartungen.

Und Du wirst spüren:
Es geschieht etwas. Nicht laut, nicht sichtbar, aber tief.

Dein Sein wirkt mehr als Worte. Dein Mitfühlen heilt mehr als Erklären. Dein offenes Herz begleitet sicherer als jeder Plan.

Raum halten ist Liebe in ihrer reinsten Form. Nicht, weil Du etwas tust. Sondern, weil Du bist.

8.3 Die Aufgabe der Hospizarbeit

Wenn das Leben sich dem Ende zuneigt, braucht es vor allem eines: Würde.

Die Hospizarbeit ist ein stiller Dienst an dieser Würde. Sie ist ein Raum, in dem Menschsein zählt und nicht Diagnosen, nicht Leistungen, nicht das, was jemand war oder hatte.

Im Hospiz wird nicht mehr „geheilt" im medizinischen Sinne. Hier darf geschehen was lange zu kurz kam:

Mitgefühl. Nähe. Ehrlichkeit. Zeit.

Sterbebegleiterinnen und -begleiter schenken nicht nur Fürsorge; sie schenken Gegenwärtigkeit. Sie halten Hände, lauschen Geschichten und achten Stille.
Oft geschieht im Hospiz mehr Heilung, als in all den Jahren davor; nicht am Körper, sondern in der Seele.

Ein Hospiz ist kein Ort des Abschieds, es ist ein Ort des Ankommens. Ein geschützter Raum, in dem der Tod nicht bekämpft wird, sondern eingeladen als Teil des Lebens.

Sterbebegleitung bedeutet nicht, den Tod aufzuhalten. Es bedeutet, den Menschen nicht allein zu lassen, wenn er ihn betritt.

Und oft geht es dabei nicht nur um den Sterbenden, sondern auch um die Angehörigen. Sie werden gesehen. Gehalten. Getröstet. Nicht mit Phrasen, sondern mit echter Nähe.

Die Hospizarbeit zeigt uns, was Menschlichkeit wirklich heißt:
Einander begleiten und das bis zum letzten Atemzug.
Mit offenem Herzen.
Mit Respekt.
Mit Liebe.

8.4 Lichtträger im Übergangsprozess

Ein Lichtträger ist kein Titel, keine Ausbildung, kein Zertifikat. Er ist ein inneres JA.

Ein JA dazu, im Angesicht des Todes nicht zu flüchten, sondern zu bleiben.
Ein JA dazu, das Licht in sich nicht zu verstecken, auch wenn andere es nicht benennen können.
Ein JA dazu, Raum zu halten, wenn Worte fehlen.

Lichtträger sind Menschen, die sich erinnern, dass ihre Anwesenheit alleine wirkt.

Nicht, weil sie etwas „tun“, sondern weil sie sind. In einer ruhigen Frequenz. In Verbundenheit. In Liebe.
Wenn ein Mensch geht, nimmt er nicht nur Abschied vom Leben, sondern durchquert ein energetisches Tor.
Ein Lichtträger hilft, dieses Tor zu öffnen:

sanft, still und ganz bewusst.

Nicht durch Technik, nicht durch erlernte Rituale, sondern durch eine innere Ausrichtung:
Ich bin da. In Licht. In Mitgefühl. In Klarheit.

Manchmal genügt ein Blick. Ein leiser Satz. Eine Präsenz, die sagt: „Du bist sicher. Du darfst gehen."

Lichtträger arbeiten nicht am Menschen, sie stehen mit ihm. Und durch ihre Frequenz entsteht etwas Heilsames:

Ein Raum

- in dem Angst kleiner wird.
- in dem Vertrauen wachsen kann.
- in dem der Übergang nicht als Bruch, sondern als Wandlung erfahren wird. Wenn Du Dich gerufen fühlst, ein Lichtträger[9] zu sein, dann braucht es keine Vorbereitung; nur die Bereitschaft Dein Licht leuchten zu lassen.

---

[9] Fazit: Wer kann ein Lichtträger sein?
Jeder, der bereit ist, **nicht nur für sich zu leben**, sondern für etwas, das **größer ist als das eigene Ich.** Jeder, der **die Dunkelheit kennt**, aber sich nicht mehr von ihr führen lässt. Jeder, der **mit offenem Herzen anwesend ist**, auch wenn er keine Antworten hat. Jeder, der **Licht nicht besitzt**, sondern **weiterreicht** und das durch Liebe, durch Stille, durch Präsenz. Jeder, der spürt: **„Ich bin nicht hier, um zu dominieren, sondern um zu erinnern."**

8.5 Rituale, Segen[10] und Frequenzarbeit

Wenn Worte versagen, spricht das Feld.
Wenn Hände nichts mehr halten können, tragen sie Licht.
Wenn der Atem leiser wird, beginnt die Sprache der Seele.

Ein Übergang in Licht kann von kleinen Zeichen begleitet werden. Rituale, die nicht an Religion gebunden sind, sondern an Herz und Gegenwart.

Ein Segen, gesprochen aus der Tiefe des Mitgefühls, kann den Raum mit Sanftheit erfüllen.

Ein leises Gebet; nicht aufgesagt, sondern empfangen, kann wie ein warmer Strom wirken.

Ein paar Tropfen Duftöl, der Klang einer leichten Schale, ein Tuch, das gehalten wird: All das sind Frequenzträger. Sie erinnern die Seele: Du bist nicht allein. Du bist umgeben von Licht. Du darfst gehen. Geführt und geliebt.

Auch Hände können segnen, wenn sie mit Achtsamkeit berühren oder still über dem Körper ruhen. Kein Muss, keine Technik; nur das, was aus der Stille entsteht.

Selbst das Öffnen eines Fensters, ein sanftes Lied im Hintergrund, das Löschen des grellen Lichts. All das sind Impulse, die aus einem Raum ein Heilfeld machen können.

---

[10] **Segnen** heißt für uns: Loslassen und das in Liebe.
Es bedeutet, den Weg eines anderen Wesens anzuerkennen, auch wenn dieser sich vom eigenen unterscheidet. Nicht als Urteil, sondern als Vertrauen in den höheren Plan. Wer segnet, versucht nicht zu halten, zu formen oder zu retten, sondern sagt innerlich: „Ich ehre Deinen Weg. Ich lasse Dich frei und bleibe in Liebe verbunden."
Ein Segen ist keine Bitte, sondern eine Erinnerung an das Licht, das immer da ist: auch im Schmerz, im Wandel und im Loslassen.

Wichtig ist nicht, was Du tust, sondern wie. In welcher Haltung. Mit welchem Bewusstsein. Mit welcher Liebe.

Denn jedes Ritual, jeder Segen und jede Schwingung, die Du einbringst, wirkt wenn sie aus der Wahrheit kommt.

So wird der Abschied nicht zum Ende, sondern zur Brücke. Ein stiller Akt der Liebe, getragen von einem Menschen, der erinnert, dass Licht nicht laut ist, aber immer anwesend.

8.6 Wenn das Licht sich löst

Es geschieht oft leiser, als man denkt.
Kein lauter Moment,
kein dramatischer Bruch
und der Übergang ist meist ein zartes Entgleiten
wie ein Blatt, das sich vom Baum löst,
getragen vom Wind
und ohne Widerstand.

Für Sterbende fühlt es sich oft an wie ein sanftes Gleiten in Weite, als ob etwas Bekanntes gerufen hätte. Ein Ruf, nicht mit Worten, jedoch mit Licht. Nicht mit Lautstärke, aber mit Liebe.

Wenn Du in diesem Moment bei ihnen bist, kannst Du es spüren:
Der Raum verändert sich. Etwas wird leichter. Weicher.
Und obwohl der Körper still wird, ist das Leben noch da; nur auf einer anderen Frequenz.

Der letzte Atemzug ist kein Ende, sondern ein Aufatmen in eine größere Freiheit. Es ist, als würde sich das Licht im Menschen lösen, nicht flüchten, nicht verschwinden, sondern zurückkehren.

Für Dich als Begleiter ist dieser Moment heilig. Du musst nichts sagen. Du darfst einfach da sein. Mit offenem Herzen. Mit stiller Achtung.

Vielleicht spürst Du Kühle. Vielleicht Licht. Vielleicht eine Präsenz, die nicht mehr gebunden ist, aber noch bleibt - einen Moment lang - um sich zu verabschieden.

In diesem Moment darf geweint werden. Und zugleich gefeiert. Denn inmitten von Abschied und Stille geschieht etwas Größeres, als wir begreifen:
Eine Seele geht weiter. Nicht fort. Nur heim.

Du bist Zeuge, vielleicht auch Weggefährte. Nicht um festzuhalten, sondern um mit dem Herzen zu begleiten in Vertrauen, Liebe und Licht.

Kapitel 9: Der Tod als Lehrer und das Leben als Geschenk

Wie der Blick auf das Ende das Leben verwandelt

Der Tod lehrt uns, was wirklich zählt. Er nimmt nichts, er zeigt uns, was wir nie besessen haben. Zeit. Menschen. Möglichkeiten. Alles ist geliehen. Und gerade deshalb so kostbar.

Wenn wir die Endlichkeit nicht länger verdrängen, sondern als Teil des Lebens umarmen, entsteht eine neue Tiefe im Jetzt.
Wir beginnen zu spüren, was es heißt, wirklich zu leben. Nicht im Tun. Sondern im Sein.

Der Tod lädt uns ein, das Leben nicht zu überfliegen, sondern zu durchdringen. Mit offenem Herzen. Mit wachem Geist. Mit Dankbarkeit für jeden Atemzug, für jede Begegnung und für den einfachen Moment.

Dieses Kapitel ist eine Einladung: Dem Leben wieder zu begegnen und das als Geschenk. Nicht trotz seiner Endlichkeit, sondern gerade wegen ihr.

9.1 Endlichkeit als Weckruf

Der Tod ist kein Räuber. Er ist ein Wecker. Ein Ruf, welcher uns aus der Trance des Alltags holt. Wenn wir ihm lauschen, spüren wir:

Das Leben ist kein Versprechen auf „irgendwann“. Es ist JETZT.

Begegnungen mit Sterbenden öffnen oft diesen Raum. Ein Blick, ein Wunsch, ein Satz und plötzlich ist alles klar. Nicht das große Ziel zählt. Sondern der Moment. Die Umarmung. Das ungelebte Wort. Die verpasste Freude.

Menschen am Ende ihres Weges lehren uns, was wirklich bleibt.

In ihrer Gegenwart wird das Leben verdichtet. Jede Geste wird bedeutungsvoll. Jede Pause trägt Tiefe. Es geht nicht mehr darum, wer wir sein könnten. Es geht einzig und allein darum, wer wir sind. JETZT. HIER.

Wenn Du beginnst, die Endlichkeit nicht zu fürchten, sondern als Teil Deiner Wahrhaftigkeit anzunehmen, wirst Du wach.
Wach für das Wesentliche. Wach für das Wunder, das das Leben ist, gerade weil es nicht ewig währt.

9.2 Loslassen im Leben üben

Loslassen ist keine Schwäche. Es ist ein stiller Akt von Stärke und ein Geschenk an das Leben selbst. Denn erst wenn wir bereit sind, Dinge, Menschen, Vorstellungen oder Sicherheiten freizugeben, beginnt etwas Tieferes: Vertrauen.

Was bleibt, wenn Besitz und Kontrolle fallen?
Was bleibt, wenn ein geliebter Mensch geht?
Nicht selten ist es gerade dieser Verlust, der uns verwandelt. Ein Riss im Herzen und doch öffnet sich dahinter etwas Neues. Ein innerer Raum, in dem wir erkennen, dass Liebe nicht vergeht, auch wenn die Form sich ändert.

Viele erleben das Loslassen als einen Bruch; tatsächlich ist es oft ein Durchbruch.
Ein Übergang in mehr Wahrhaftigkeit, in mehr Gegenwart. Du musst nicht erst alles verlieren, um ganz zu sein. Aber Du darfst lernen, im Leben bewusst Abschied zu nehmen von

dem, was Dich begrenzt, von dem, was nicht mehr zu Dir gehört und manchmal auch von dem, was Du sehr liebst.

Loslassen im Leben ist eine Übung in Hingabe. Nicht Aufgeben, sondern Annehmen. Nicht Wegstoßen, sondern Öffnen.

Wenn Du das Leben nicht festhältst, beginnt es sich in Dir zu bewegen. Und in dieser Bewegung liegt Freiheit.

9.3 Dankbarkeit als täglicher Weg

Dankbarkeit ist mehr als ein Gefühl. Sie ist eine Entscheidung und eine innere Haltung, mit der Du dem Leben begegnest.

Nicht alles, was geschieht, fühlt sich leicht an. Nicht jeder Tag beginnt mit einem Lächeln.
Doch inmitten der Bewegung des Lebens liegt eine stille Einladung: Zu sehen, was da ist. Zu ehren, was bleibt. Und zu danken und das nicht erst am Ende, sondern mittendrin.

Dankbarkeit verwandelt. Nicht, weil sie Probleme löst, sondern weil sie Deinen Blick verändert. Wenn Du beginnst, selbst in kleinen Dingen das Geschenk zu sehen, wird jeder Moment zu einem Ort der Begegnung.

Ein einfaches Dankbarkeitsritual kann Deinen Tag neu ausrichten:
Am Morgen, noch vor dem Aufstehen, halte kurz inne.

Nenne drei Dinge, für die Du jetzt, genau in diesem Moment, dankbar bist.

Vielleicht ist es das warme Bett. Die Stille. Das Atmen.
Vielleicht ein Mensch, ein Lichtstrahl, ein Wort vom Vortag.
Du musst nichts Großes finden.

Es geht um das Wahrnehmen und nicht das Beeindrucken.

Diese kleine Praxis öffnet ein Feld. Du beginnst, mit anderen Augen zu schauen. Die Dinge werden nicht perfekt, aber sie werden lebendig. Heilig. Echt.

Dankbarkeit ist nicht das Ergebnis eines gelungenen Tages, sie ist oft der Beginn davon.
Und manchmal reicht ein einziger dankbarer Gedanke, um Licht in Dein ganzes SEIN zu bringen.

9.4 Der Tod als innerer Spiegel

Der Tod ist nicht nur ein äußerer Übergang. Er ist auch ein Spiegel, der uns im Leben begegnet. Nicht, um zu erschrecken, sondern um zu zeigen, was wir oft vergessen: Dass alles vergeht. Und dass gerade darin die Kraft liegt.

Alles im Leben braucht seine Zeit.
Und alles im Leben hat seine Zeit.
Nicht zu früh. Nicht zu spät.
Immer genau dann, wenn die Seele bereit ist.

Was wir verdrängen, drängt nicht fort. Es bleibt, im Hintergrund, als flüchtiges Gefühl, als unerfüllter Wunsch, als nicht gelebte Sehnsucht.
Der Tod konfrontiert uns nicht, weil er will, dass wir leiden, sondern weil er uns erinnert, dass wir leben.

Stell Dir vor: Du hättest noch ein Jahr. Zwölf Monate. Dreihundertfünfundsechzig Tage.
Was würdest Du verändern? Was würdest Du nicht länger aufschieben? Mit wem würdest Du sprechen, wem würdest Du vergeben und was würdest Du endlich loslassen?

Diese Frage ist keine Drohung. Sie ist eine Tür. Sie hilft Dir das zu sehen was wirklich zählt. Denn wenn Klarheit auf die Vergänglichkeit trifft, entsteht Wahrheit.

Der Tod fragt nicht nach Leistung. Er fragt nach Echtheit. Nach dem Mut zu lieben. Nach dem Mut DU zu sein.

Er ist kein Gegner des Lebens; er ist der Spiegel, der es vertieft.

Wenn Du Dich traust, hineinzusehen, wirst Du nicht kleiner. Du wirst wahrhaftiger.

9.5 Das Leben feiern – mitten im Wandel

Feiern bedeutet nicht, dass alles leicht ist. Es bedeutet, dass Du den Moment ehrst und das trotz der Vergänglichkeit. Vielleicht gerade deshalb.

Echte Lebendigkeit ist kein Dauerlächeln. Sie ist das tiefe Spüren von Gegenwart. Ein JA zum Jetzt. Ein Lauschen auf das, was lebt: in Dir, um Dich und durch Dich hindurch.

Wer sich mit dem Tod auseinandersetzt, versteht das Leben tiefer. Denn wer die Endlichkeit kennt, beginnt, das Wertvolle zu sehen.

Rituale können Brücken sein zwischen Alltag und Bewusstsein, zwischen dem Vergänglichen und dem Ewigen. Ein stiller Moment am Geburtstag, ein bewusster Atemzug beim Neubeginn, ein Innehalten, wenn sich etwas wandelt.

Du musst keine großen Feste feiern, um das Leben zu ehren.

Manchmal reicht es, eine Kerze zu entzünden, ein Lied zu singen oder in die Augen eines geliebten Menschen zu schauen und still Danke zu sagen.

Feiere nicht, weil alles perfekt ist. Feiere, weil Du lebst.
Weil Du hier bist.
Weil jeder Tag eine Einladung ist, das Leben zu empfangen in all seiner Tiefe, Schönheit und Unvollkommenheit.

Und:
Du musst das Sterben nicht ausblenden, um das Leben zu lieben. Beides gehört zusammen. Wer das anerkennt, lebt freier. Wacher. Wahrer.

9.6 Leben aus der Tiefe heraus

Es gibt ein Leben an der Oberfläche und eines aus der Tiefe.

Das oberflächliche Leben kennt Termine, Pflichten und Gedankenketten. Es ist laut, schnell, manchmal leer.
Das tiefe Leben hingegen ist still und dennoch voller Gegenwart.

Es ist das Leben, das nicht „passiert“, sondern durch Dich atmet.

Ganz präsent zu sein bedeutet nicht, alles im Griff zu haben. Es bedeutet, Dich selbst zu spüren. In Deinem Körper. In Deinem Herzen. In Deinem Atem.

Praktische Übung: Der bewusste Atemzug

Halte einen Moment inne. Lege eine Hand auf Dein Herz.
Atme tief ein. Nicht flach, sondern bitte weit.
Spüre, wie der Atem Dich berührt. Wie das Leben Dich berührt. Dann atme aus mit einem inneren Lächeln.
Ein Zeichen an Dich selbst: Ich bin da. Ich bin lebendig.

Diese einfache Geste: bewusst, ehrlich und anwesend, öffnet Türen. Zu mehr Ruhe. Zu mehr Tiefe. Zu Dir.

Denn Leben geschieht nicht nur im Außen. Es beginnt in Dir. In Deinem Sein. In Deinem Blick auf die Welt. Und in Deinem JA zu Dir selbst.

Du bist ein Geschenk und das nicht erst, wenn Du etwas leistest oder veränderst. **Du bist es, weil Du bist**. Und das Leben, das durch Dich fließt, ist ein heiliges Angebot:

Dich zu erinnern.
Dich zu spüren.
Dich ganz zu leben.
Aus der Tiefe.
Aus der Wahrheit.
Aus dem Licht, das Du bist.

Kapitel 10: Du bist niemals allein. Die Geistige Führung an Deiner Seite

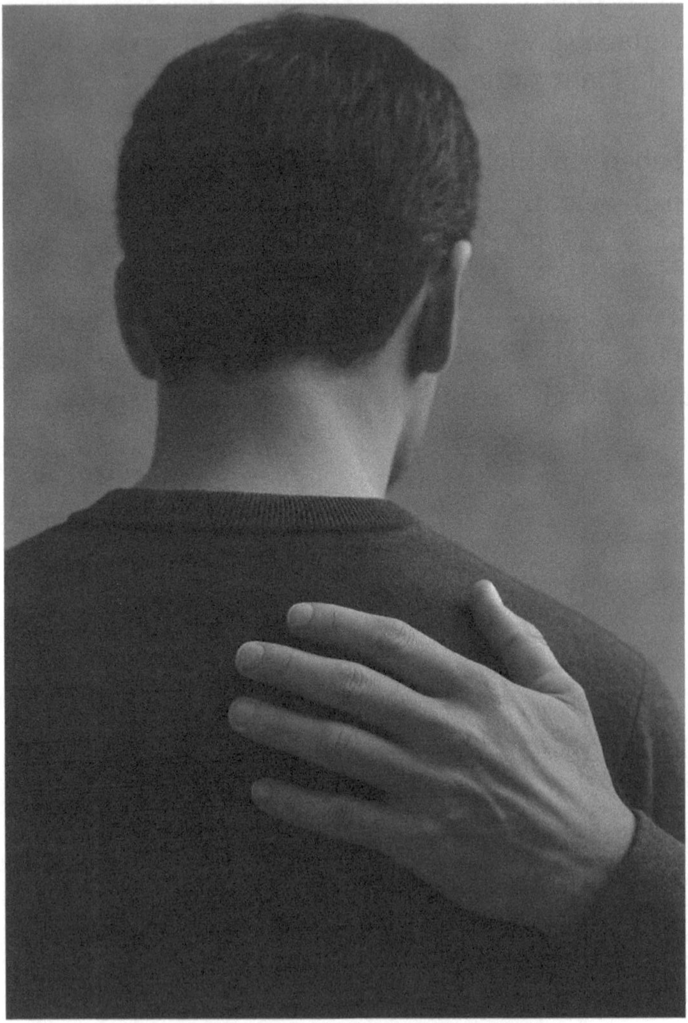

Manchmal fühlt sich das Leben schwer an. Still. Leer. Als wärst Du auf Dich allein gestellt. Doch das bist Du nicht. Nicht einen einzigen Tag.

Denn seit dem ersten Moment Deines Daseins, weit vor Deiner Geburt, bist Du begleitet.
Von Lichtwesen, Seelenfreunden, Bewusstseinsfeldern, die Dich kennen und lieben. Nicht aus der Ferne, sondern in einer Nähe, die oft still bleibt, aber niemals abwesend ist.

Deine geistige Führung ist kein Konstrukt für Trostbedürftige. Sie ist Teil des größeren Plans Deiner Seele. Diese Begleiter waren mit Dir, als Du Dich entschieden hast, in dieses Leben zu kommen und sie werden bei Dir sein, wenn Du es wieder verlässt.
Sie kennen Deinen Weg. Und sie respektieren Deine Freiheit. Ob Du sie Engel nennst, Ärzte des Lichts, Seelenfreunde, Begleiter oder Lichtwesen; es ist weniger wichtig, wie Du sie benennst. Wichtiger ist: Sie sind da.
Und sie sprechen. Durch Zeichen, Gedanken, innere Impulse und durch leise Berührungen in Deinem Feld.

Dieses Kapitel möchte Dich erinnern: Du bist niemals allein.

Selbst in den Momenten, in denen Du niemanden sehen kannst, ist Begleitung da.
Nicht als Kontrolle. Nicht als Vorgabe. Sondern als liebevolle Präsenz. Und je bewusster Du Dich dieser Verbindung wieder öffnest, desto klarer wirst Du geführt.

Vertrauen beginnt mit dem Erinnern. Und das Licht, das Dich führt, war nie fort. Du darfst es wieder empfangen.

10.1 Wer Dich begleitet. Deine Geistige Führung verstehen

Du bist nie ohne Führung. Nie ohne Verbindung. Nie ohne Licht.
Auch wenn Du es manchmal nicht spürst. Da ist eine feine, liebevolle Präsenz, die Dich begleitet. Eine Kraft, die nicht eingreift, aber erinnert. Die nicht lenkt, aber schützt. Die nicht laut wird, aber immer da ist.

Diese Führung zeigt sich auf verschiedene Weise. Und sie ist so individuell wie Dein Weg.

Es gibt Lichtwesen, die rein energetisch wirken: Felder der Klarheit, der Ordnung und der Liebe. Es gibt Engel, die nicht an Religion gebunden sind, sondern universelle Begleiter des Herzens sind. Es gibt Ärzte des Lichts, die Heilräume öffnen; nicht durch Technik, sondern durch Schwingung, durch Erinnerung an Ganzheit.

Und es gibt Seelenfreunde: Wesen, die Du aus früheren Leben kennst, mit denen Du Dich auf Seelenebene verabredet hast. Sie wirken als stille Begleiter, als Impulsgeber, als Lichtbrücke zwischen den Welten.

All diese Begleiter sind nicht „außerhalb" von Dir. Sie wirken in einer Ebene, die tiefer reicht als Worte: der Ebene Deiner Seele.

Dort, wo Du nicht getrennt bist, vom „Großen Ganzen", wirkt auch die geistige Führung.
Nicht wie ein Lehrer, der belehrt, nicht wie ein System, das bewertet, sondern wie ein Raum, der Dich erinnert.

An was?
An das, was Du wirklich bist.
An das, was Du vergessen hast.
An das, was in Dir darauf wartet, zu leuchten.

Je stiller Du wirst, desto klarer wird diese Verbindung. Je bewusster Du Dich öffnest, desto deutlicher die Zeichen. Und je mehr Du vertraust, desto stärker wirst Du geführt, ohne geführt werden zu müssen.

Deine geistige Führung liebt Dich. Nicht, weil Du etwas erreicht hast, sondern weil Du einfach bist.

10.2 Die stille Gegenwart und wie sie Dich begleiten

Es gibt eine Begleitung, die nicht fragt, ob Du an sie glaubst. Eine Gegenwart, die bleibt, auch wenn Du sie vergisst. Eine Liebe, die nicht lauter wird, wenn Du haderst und nicht leiser, wenn Du zweifelst.

Geistige Begleiter sind nicht an Bedingungen geknüpft. Sie gehen nicht, wenn Du zweifelst. Sie warten nicht auf Deinen Erfolg. Sie werten nicht, wenn Du stolperst. Sie sind einfach da. In der Tiefe. In der Stille. Immer.

Von Deiner ersten Stunde an begleiten sie Dich. Durch Kindheit und Verletzungen, durch Krisen und Wendepunkte, durch Neuanfänge und Abschiede. Sie gehen mit Dir durch dunkle Nächte und sie feiern Dein inneres Licht; selbst dann, wenn Du es selbst nicht mehr siehst.

Ihre Hilfe ist oft leise. Nicht als lauter Ruf, sondern als Impuls. Nicht als klare Anweisung, sondern als leises Wissen: „Geh weiter."
Ein Gefühl, das Dich innehalten lässt. Eine Begegnung, die etwas in Dir öffnet. Eine Idee, die plötzlich da ist wie ein Lichtfunke aus einer anderen Sphäre.

Du erkennst sie nicht immer an der Form. Doch Du wirst sie spüren an der Wirkung:
Klarheit. Frieden. Erinnerung. Vertrauen.

Geistige Führung ist keine Stimme, die für Dich entscheidet. Es ist eine Präsenz, die Dich daran erinnert, dass Du entscheiden darfst aus Deinem tiefsten Sein heraus.

Und manchmal geschieht es:
Du blickst zurück auf einen schweren Moment in Deinem Leben und plötzlich weißt Du: Ich war nie allein. Etwas war da. Etwas hat mich gehalten.

So begleiten sie Dich, nicht über, nicht unter Dir, aber immer an Deiner Seite. Wie ein leiser Strom aus Licht. Wie eine Tür, die sich immer wieder öffnet, wenn Du bereit bist, hindurchzugehen.

10.3 Zeichen, Impulse und innere Führung

Geistige Führung spricht nicht in Lautstärke, sie wirkt in der Stille. Nicht mit Befehlen, denn sie wirkt durch Impulse. Nicht mit Druck; sie lädt Dich liebevoll ein.

Wenn Du geführt wirst, geschieht das selten auf spektakuläre Weise.
Es sind die leisen Momente, in denen etwas in Dir ruft und das ganz ohne Worte.

Ein plötzliches Innehalten. Ein Gefühl von „hier lang". Ein Satz, der Dir begegnet und genau das trifft, was Du gerade brauchst.
Ein Traum, welcher Dich berührt, obwohl Du ihn nicht ganz verstehst.
Ein Mensch, der in Dein Leben tritt, zur rechten Zeit.
Ein Lied, das plötzlich spielt, als Antwort auf eine stille Frage in Dir.

Das sind keine Zufälle. Das sind Berührungen aus der geistigen Welt. Feine, liebevolle Hinweise, die Dich erinnern wollen: Du wirst gesehen. Du wirst geführt.

Um diese Sprache zu empfangen, braucht es weniger vom Außen und mehr vom Innen. Nicht Anstrengung ist gefragt, vielmehr Achtsamkeit.
Nicht die Suche steht im Vordergrund, sondern Deine Präsenz. Denn geistige Begleitung ruft Dich nicht laut; sie wartet darauf, dass Du innerlich aufwachst.

Je stiller Du wirst, desto klarer nimmst Du wahr. Nicht unbedingt mit dem Verstand, doch mit dem Herzen.
Du spürst: Diese Entscheidung fühlt sich weit an.
Dieser Weg schenkt mir Frieden, auch wenn er herausfordernd ist. Dieses Nein ist ein Akt der Liebe und dieses JA ist eine Rückverbindung mit mir selbst.

Die geistige Welt will Dich nicht abhängig machen. Sie erinnert Dich an Deine Intuition, Deine Wahrheit und Dein inneres Licht. Manchmal reicht ein stilles Gebet am Morgen, eine bewusste Frage im Herzen und Du wirst fühlen: Die Antwort kommt. Nicht immer sofort, aber sie kommt.

Die Sprache der geistigen Begleitung ist zart und eindeutig.
Und wer ihr zu lauschen beginnt, erkennt:
Ich bin nicht allein. Ich war es nie und der Weg, der vor mir liegt, ist getragen von Licht, Liebe und Vertrauen.

10.4 Die Verbindung vertiefen. Einladung zum Dialog

Deine geistige Führung begleitet Dich leise und beständig. Sie wartet nicht auf besondere Umstände und sie wirkt in Deinem Alltag, im Stillen, im Offenen, im Zweifel und in der Klarheit.

Doch wie in jeder Beziehung wächst die Nähe durch bewusste Hinwendung. Nicht durch Mühe, sondern durch Echtheit. Ein Moment der Stille. Ein Atemzug aus dem Herzen. Eine Frage, die Du aufrichtig in das Licht gibst. Ein Dank, der ohne Grund fließt.

Du musst nichts leisten. Du darfst einfach sein und in dieser Präsenz wird Verbindung spürbar. Je aufmerksamer Du wirst, desto mehr erkennst Du, dass sie längst da ist.
Es braucht keine großen Rituale. Manchmal reicht ein stiller Gedanke, ein inneres JA.
Regelmäßige Rückverbindung bringt Dir nicht nur Führung, sie klärt auch Dein Energiefeld. Gedanken werden weiter, Gefühle ruhiger und Dein Herz offener.

Die geistige Welt spricht zu Dir, wenn Du bereit bist zu lauschen. Nicht, weil Du etwas tun musst, sondern weil Du Dich erinnerst, dass Du geführt bist. Von Anfang an.

Und je tiefer Du Dich öffnest, desto mehr wirst Du fühlen:
Diese Führung kommt nicht von außen. Sie erwacht in Dir.

10.5 Geistige Helfer im Übergang

Wenn der letzte Abschnitt des Lebens näher rückt, beginnt eine stille Vorbereitung auf das, was jenseits des Sichtbaren liegt. Für viele Menschen mag dieser Weg wie ein Alleingang wirken, doch in Wahrheit ist er tief begleitet. Gerade im Sterben wird die geistige Führung oft besonders spürbar, auch wenn sie nicht immer benannt werden kann.

In dieser Phase treten Lichtbegleiter, Ärzte des Lichts und Seelenfreunde behutsam hervor. Manche erscheinen in Träumen, als vertraute Präsenz, als sanftes Licht im Raum oder einfach als Frieden im Herzen. Sie sind nicht gekommen, um zu retten, sondern um zu halten. Um zu erinnern. Um den Übergang mit Würde und Licht zu umhüllen.

Sterben ist ein Schritt, den niemand wirklich allein geht. Selbst wenn kein Mensch im Raum ist, wird die Seele geführt. Die geistige Welt reicht die Hand, bevor der letzte Atemzug getan ist. Sie ruft nicht, sie drängt nicht – sie wartet mit Liebe.

Manche spüren diese Begleitung als leises Vertrauen. Andere sehen Lichtgestalten, hören innere Worte, fühlen sich gehalten in einer Geborgenheit, die nicht erklärbar ist. Das ist kein Zufall, sondern Erinnerung. Erinnerung daran, dass das, was Du bist, eingebettet ist in ein größeres Ganzes.

Auch Angehörige oder Begleitende dürfen wissen: Ihr müsst es nicht allein tragen. Die geistige Welt ist da, nicht um etwas zu nehmen, sondern um zu stärken. Oft geschieht es still. Doch wer mit offenem Herzen schaut, wird es spüren.

Denn im Übergang tritt etwas Heiliges in den Raum.
Und das Licht, das eine Seele heimholt, ist nie fern.
Es ist Liebe, die Dich ruft und Liebe, die Dich empfängt.

Lichtformel für den Übergang
Ich bin gehalten im Licht.
Ich bin geführt in Liebe.
Ich öffne mich dem, was bleibt.
Ich kehre heim in Vertrauen.
Ich bin. Und ich werde sein.

10.6 Rückverbindung im Licht und Worte, die erinnern

Du bist nie getrennt von der Geistigen Führung; doch manchmal braucht es eine bewusste Rückverbindung, um diese Nähe wieder zu spüren.

Ein Moment der Stille, ein Gebet, ein Lichtwort kann wie ein Tor wirken: Du öffnest Dich und das Licht antwortet.

Es ist nicht kompliziert. Du musst nichts leisten. Nur innehalten, vertrauen und erinnern.

Gebet zur Rückverbindung

Geliebte Lichtbegleiter, ich öffne mich für Eure stille Führung.
Ich empfange Eure Weisheit in meinem Herzen.
Lasst mich hören, was ich hören soll.
Lasst mich sehen, was mich erinnert.
Ich bin bereit, geführt, gehalten und verbunden.

Lichtworte für den Alltag

- Ich gehe nicht allein.
- Ich bin geführt, auch wenn ich nicht alles verstehe.
- Mein Herz kennt den Weg.
- Stille ist eine Sprache des Lichts.
- Ich öffne mich der Führung, die schon da ist.
- Ich atme Licht ein und lasse Dunkelheit aus.
- Ich bin ein Ruhepunkt inmitten der Bewegung.
- Alles kommt zu mir zur rechten Zeit.
- Ich muss nicht alles wissen, um richtig zu gehen.
- Heilung geschieht Schritt für Schritt.
- Ich bin Licht in Form.
- Mein Körper hört mein Denken.
- Ich diene nicht der Angst, sondern der Erinnerung.
- Auch im Chaos trägt mich etwas.
- Ich bin bereit, Wunder nicht zu kontrollieren.
- Ich darf leuchten, ohne mich zu erklären.

Kapitel 11: Der freiwillige Abschied[11]

[11] Mit „freiwilliger Abschied“ ist hier gemeint, was im weltlichen Sprachgebrauch oft als *Suizid* bezeichnet wird. Wir verwenden bewusst eine andere Sprache, um Raum für Mitgefühl, nicht für Urteil zu öffnen.

Wenn eine Seele sich selbst zurückruft

Es gibt Übergänge, die mit besonders viel Schmerz, Fragen und Sprachlosigkeit verbunden sind.
Wenn eine Seele den Weg des freiwilligen Abschiedes wählt, bleibt oft mehr als Trauer zurück: Ohnmacht, Schuld, Zorn und tiefes Nichtverstehen.

Doch aus Sicht der Seele ist dieser Schritt nicht das Ende und auch kein Fehler.
Er ist Ausdruck eines inneren Konflikts, der zu groß wurde, um im Körper weitergetragen zu werden.

Die Seele verlässt den physischen Raum nicht, um aufzugeben, sondern weil sie, oft verzweifelt, oft erschöpft Frieden sucht.

In diesem Kapitel geht es um Mitgefühl, nicht um Erklärung. Um Licht, nicht um Urteil. Und um das leise Wissen, dass auch dieser Weg getragen ist. Von Lichtbegleitern, Seelenfreunden, geistigen Helfern und von der Liebe, die nicht aufhört, selbst wenn das Leben es tut.

Dieses Kapitel ist ein Raum der Würde, für die Seele, die gegangen ist. Und für Dich, wenn Du zurückgeblieben bist mit offenen Fragen und einem offenen Herzen.

Möge es Dir Frieden bringen. Und der Seele Licht.

11.1 Kein Urteil nur Mitgefühl

Es ist leicht, zu urteilen. Schwerer ist es, still zu bleiben und einfach zu fühlen.

Wenn eine Seele sich entscheidet, den Weg zu beenden, nicht weil sie leben möchte, sondern weil sie das Leid nicht mehr tragen kann, dann braucht es mehr als Erklärung. Dann braucht es Mitgefühl.
Nicht jede Wunde ist sichtbar. Nicht jeder Schmerz hat Worte. Und nicht jede Entscheidung geschieht aus Klarheit. Oft geschieht sie aus Erschöpfung, aus innerem Druck, aus einem Gefühl von Ausweglosigkeit, das größer erscheint als jede Hoffnung.

Aus geistiger Sicht ist auch dieser Weg eingebettet in das größere Ganze. Nicht geschehen ohne Begleitung. Nicht verloren. Nicht verworfen.

Die Seele, die diesen Weg gegangen ist, wird nicht verurteilt. Sie wird gesehen in ihrem Schmerz, in ihrem Ringen und in ihrer Sehnsucht nach Frieden.

Und wir sagen Dir: Dieser Weg ist kein Versagen.
Dieser Weg ist der Ausdruck eines inneren Konfliktes, der an der Oberfläche oft nicht erkannt wurde und dennoch in der Tiefe gebrannt hat.

Als Angehöriger, Freundin oder Begleiter kann es schwer sein, diesen Schritt zu verstehen. Es bleiben Fragen und Schuldgefühle, vielleicht auch Wut. Doch wenn Du einen Schritt tiefer gehst, wirst Du spüren: Hier war keine Schuld. Hier war Schmerz.
Und dieser Schmerz braucht keine Strafe. Er braucht Licht.

Was heilt, ist kein Urteil. Was heilt, ist das stille Mitfühlen. Für die Seele, die ging und für die, die bleiben.

11.2 Die besondere Energie dieses Übergangs

Ein freiwilliger Abschied berührt etwas sehr Tiefes.
Nicht nur in der Seele des Menschen, der geht, sondern auch im Feld derer, die bleiben.
Es ist kein natürlicher Übergang durch Alter oder Krankheit.
Es ist ein innerer Ruf, der oft aus Schmerz, Überforderung oder stiller Hoffnung auf Erlösung entsteht. Und doch bleibt Licht immer gegenwärtig.

Auch wenn eine Seele diesen Weg wählt, ist sie nicht allein. Geistige Begleiter sind oft schon lange an ihrer Seite. Sie begleiten in Momenten des Zweifelns, sie erinnern an das Licht, sie bieten Wege an. Aber der freie Wille der Seele bleibt unantastbar.

Wenn die Entscheidung fällt, geschieht sie nicht gegen das Licht. Sie ist ein Rufen nach Frieden. Nach Stille. Nach Heimkehr.

Die Energie dieses Übergangs fühlt sich manchmal dichter an. Die Seele kann sich desorientiert oder erschöpft fühlen. Doch sie wird gehalten. Nicht bewertet. Nicht zurückgewiesen. Sondern empfangen mit derselben liebevollen Gegenwart, die jede Seele empfängt.

Oft geschieht nach dem Übergang eine Phase der Klärung. Die Seele darf ankommen, verstehen, sich erinnern. Nicht durch Druck, sondern durch liebevolle Führung. Schritt für Schritt.

Ein freiwilliger Abschied ist keine Abkürzung. Es ist ein Übergang, der anders wirkt, aber nicht ohne Sinn ist. Er kann heilen. Er kann integrieren.
Er kann in der Weite der Seele ein Tor öffnen, das auch die Dunkelheit durchlichtet.

Vertraue: Licht wirkt auch hier. Und jede Seele wird gesehen.

11.3 Heilung für die gegangene Seele

Wenn eine Seele durch einen freiwilligen Abschied in das Licht zurückkehrt, beginnt nicht einfach ein Ende. Es beginnt ein feiner Prozess der Rückverbindung mit sich selbst und mit der Quelle.

Die geistige Welt ist bereit. Lichtärzte, Seelenfreunde und weise Führungswesen empfangen die Seele nicht mit Fragen, nicht mit Kritik, sondern mit tiefer Stille und heilsamer Liebe. Sie sehen nicht nur den letzten Schritt, sie sehen den ganzen Weg. Die Erschöpfung. Die Sehnsucht. Den inneren Kampf.

In diesem Raum geschieht keine Bewertung, es geschieht Erinnerung. Die Seele beginnt zu verstehen, was sie getragen hat. Welche inneren Verletzungen, welche Verstrickungen, welche Hoffnungslosigkeit sie zu diesem Übergang geführt haben.

Und sie erkennt: Es war nicht Schwäche. Es war das Ringen um Frieden.
Heilung geschieht nicht als Reparatur, sondern als sanftes Wiederanknüpfen an das, was wahr ist. Vergebung wird möglich: gegenüber sich selbst, dem eigenen Leben, jenen, die in der Erfahrung verwoben waren.

Manchmal dauert dieser Prozess länger. Nicht weil die Seele zurückgehalten wird, sondern weil sie selbst in die Tiefe sehen möchte. Sie wählt diesen Weg der Klärung bewusst, um wieder ganz zu werden.

Die Lichtärzte unterstützen ohne Druck. Seelenfreunde stehen bereit: still, mitfühlend und erinnernd.
Geistige Führer halten den Raum, in dem Wahrheit sich zeigen darf und Liebe wieder spürbar wird.

Wenn Du an eine Seele denkst, die diesen Weg gegangen ist, dann sende ihr Licht. Nicht aus Mitleid, sondern aus Verbundenheit. Dein Mitgefühl ist spürbar. Dein Gebet wirkt. Deine Liebe begleitet.

Denn kein Übergang bleibt ohne Antwort. Und keine Seele ist verloren.

Der freiwillige Abschied ist kein wirklicher Ausweg
Für viele, die diesen Weg wählen, scheint der Schmerz zu groß, die Dunkelheit zu dicht, die Hoffnung zu fern.
Und doch: Der Tod beendet nicht die innere Geschichte. Er schließt nicht einfach ab, was ungelöst geblieben ist.

Denn das, was im Herzen unbewusst, unverstanden oder voller Schuld zurückbleibt, geht mit. Nicht als Strafe, sondern als ungelernte Lektion. Die Seele trägt ihre Themen weiter und das auch jenseits des Körpers.

Und oft, wenn der Übergang aus tiefer Verzweiflung geschieht, spürt die Seele nach dem Loslassen, dass der ersehnte Frieden noch nicht ganz da ist.

Warum?
Weil das, was sie zu erlösen suchte, nicht im Außen liegt, sondern in ihr selbst. Der freiwillige Abschied beendet das Leben, aber nicht die inneren Fragen. Oft wählt eine Seele daher erneut eine Inkarnation mit ähnlichen Herausforderungen. Nicht aus Zwang, sondern aus dem inneren Wunsch, auf neue Weise damit umzugehen.
Nicht um zu leiden, sondern um zu wachsen. Um zu heilen, wo vorher Flucht war.

Was nicht gelöst wurde, bleibt als Sehnsuchtsbewegung bestehen

Der Tod nimmt der Seele nicht das Thema ab. Schmerz, Schuld oder Zerrissenheit verschwinden nicht einfach mit dem letzten Atemzug. Was ungelöst bleibt, wandert mit; nicht als Last, sondern als Erinnerung: Hier darf noch etwas heilen.

Manche Seelen erkennen nach dem Übergang, dass der ersehnte Ausweg sie nicht zum Ziel geführt hat. Dass Frieden nicht dort war, wo sie ihn suchten, sondern dort, wo sie sich selbst wieder erkennen. Was nicht in Licht gewandelt wurde, kehrt daher oft in neuer Form zurück.
Nicht als Bürde, sondern aus dem tiefen seelischen Wunsch, zu vollenden. Was unterbrochen war, darf weitergeführt werden; diesmal mit Bewusstsein und Liebe.

Nichts ist verloren. Alles bleibt geführt. Doch echte Befreiung entsteht nicht durch das Verlassen des Körpers, sondern durch Erkenntnis, durch Verbindung und durch Liebe.

Und genau das beginnt auch jetzt: im Licht, im Rückblick und im Erkennen.

11.4 Für Euch, die den Weg weitergehen

Wenn ein geliebter Mensch freiwillig aus dem Leben geht, bleibt oft ein Schmerz zurück, der keine Worte findet. Nicht nur Trauer, sondern ein tiefes Fragen. Ein Ringen mit dem Warum. Ein Gefühl von Ohnmacht; manchmal auch von Schuld.

- Hätte ich etwas tun können?
- Habe ich etwas übersehen?
- War meine Liebe nicht genug?

Diese Gedanken sind menschlich. Doch sie binden Dich an eine Verantwortung, die nie ganz bei Dir lag.
Der seelische Schmerz, der zu einem solchen Schritt führt, ist oft still. Verborgen. Nicht sichtbar, auch nicht für die, die ganz nah sind. Du bist nicht schuld und Du warst nicht zu wenig.

Worte helfen in dieser Zeit kaum. Aber Deine Gegenwart hilft. Dein Atem. Dein liebevolles Gedenken. Und der stille Raum, den Du Deinem Herzen gibst, um zu fühlen, ganz ohne Urteil.

Was Du **nicht** tun musst: Antworten finden.
Was Du darfst: Tränen zulassen.
Und was heilt: Die Verbindung halten.

Denn die Seele, die gegangen ist, ist nicht fort. Sie ist näher, als Du denkst. Vielleicht spürst Du sie nicht – noch nicht. Doch sie weiß um Deinen Schmerz. Sie kennt Deine Liebe. Und sie ruft Dich nicht in die Schuld, sondern in die Liebe.

Was nicht gesagt werden muss: „Du hättest bleiben sollen."
Was wirkt: „Ich liebe Dich. Ich vertraue Deinem Weg."

Auch wenn Du nicht alles verstehst. Du darfst verbunden bleiben. Nicht mit der Wunde, jedoch mit der Wahrheit dahinter: Liebe war da. Und Liebe bleibt.

Und auch für Dich gilt: Du bist nicht allein. Auch Du wirst gehalten: im Licht, im Mitgefühl und im größeren Verstehen.

11.5 Lichtworte für die Seele

Du kannst der gegangenen Seele begegnen. Nicht mit lauten Worten. Nicht mit Erklärungen. Aber mit Deiner Stille. Deiner Liebe. Deinem Licht.

Wenn Du Dich hinsetzt, wenn Du eine Kerze entzündest, wenn Du Dein Herz öffnest, dann kann etwas fließen.
Ein Satz. Ein Gefühl. Ein leises inneres Erkennen:
Ich bin noch verbunden.

Vielleicht möchtest Du diesen Raum gestalten:
Ein Bild. Eine Blume. Ein Licht.
Nicht für die Vergangenheit, sondern für die Nähe.
Denn die Verbindung endet nicht. Sie wandelt sich.
Manchmal reicht ein einziger Satz, still gesprochen, von Herz zu Herz:

- *Ich trage Dich in Liebe.*
- *Ich vertraue Deinem Weg.*
- *Ich danke Dir für alles, was Du warst und bist.*
- *Ich lasse frei, was schwer war.*
- *Ich bleibe in Verbindung mit Deinem Licht.*

Diese Sätze wirken wie Brücken. Sie schaffen Nähe, wo der Verstand nur Leere sieht.
Und sie erinnern Dich daran: Du darfst fühlen. Du darfst vergeben und Du darfst lieben, auch jetzt.

Wenn es Dir hilft, sprich täglich zu der Seele. Nicht in Sehnsucht, in Liebe. Nicht um festzuhalten, sondern um das Unsichtbare wieder spürbar zu machen.

So wird der Kontakt nicht weniger, der Kontakt wird wahrer. Klarer. Inniger.
Und irgendwann wirst Du wissen: Du hast nicht nur verabschiedet. Du hast eine neue Form der Nähe gefunden. Eine, die bleibt.

Gebet für den freien Übergang

Geliebte Seele, die Du gegangen bist, nicht in Schuld, sondern im Ringen, im Suchen und im Schmerz.
Ich sehe Dich. Ich ehre Deinen Weg. Ich halte Dich in meinem Herzen ohne Urteil, in Liebe.
Möge das Licht Dich jetzt umhüllen. Möge Frieden Dich durchströmen. Mögest Du erkennen, wie unendlich Du geliebt bist.
Ich lasse los, was uns gebunden hat in Schmerz. Ich verbinde mich mit Dir im Licht. Nicht durch Worte, sondern durch stilles Verstehen.
Du bist frei. Ich bin frei. Und zwischen uns bleibt Liebe.
So möge Heilung fließen. Für Dich, für mich, für alles, was war und für das, was ewig bleibt.
In Licht, Liebe und Wahrheit.

Für die, die weitergehen

Möge das Licht Sie tragen, wo Worte versagen. Sie sind nicht schuld. Sie sind nicht zu spät.

Was schwer war, darf sich nun lösen. Was offen blieb, darf in Frieden ruhen. Die Liebe bleibt still und ungebrochen. Ihre Tränen sind erlaubt, ihr Herz darf heilen.

Heilung kommt nicht laut, sondern leise. Und Sie dürfen weitergehen, getragen vom Leben.

Kapitel 12: Wenn Du weißt, dass Du bald gehst

Nicht jeder Mensch weiß, wann sein Übergang bevorsteht. Doch wenn dieser Moment sich nähert und das spürbar, unausweichlich und still, entsteht eine besondere Zeit.

Sie ist nicht leicht. Doch sie birgt eine tiefe Kraft: Die Möglichkeit, bewusst Abschied zu nehmen. Nicht mit Hast, nicht mit Angst, sondern mit Klarheit, Würde und einem offenen Herzen.

Dieses Kapitel lädt Dich ein, die verbleibende Zeit nicht als bloßes Warten zu sehen, sondern als Raum. Ein Raum für Vergebung, für Dankbarkeit, für letzte Worte, für das, was rund werden darf.

Es geht nicht darum, perfekt zu gehen. Es geht darum, wahrhaftig zu sein. Denn ein bewusster Abschied kann Heilung bringen; für Dich und für die, die bleiben.
Du bist nicht allein, denn die geistige Begleitung ist da: leise, liebevoll und führend.
Und vielleicht ist gerade jetzt der Moment gekommen, in dem Du nicht mehr suchst, sondern heimkehrst.

In Frieden.
In Licht.
In Dich selbst.

12.1 Innerlich bereit werden

Wenn das Leben sich dem Ende neigt, entsteht nicht nur ein Abschied von der Welt, sondern eine Einladung zur Rückverbindung mit dem Wesentlichen.

Viele Menschen spüren in dieser Zeit ein inneres Drängen: nicht laut, nicht fordernd, sondern wie ein stilles Rufen:

Schließe Frieden. Kläre, was noch offen ist. Kehre heim.

Sich dem Übergang bewusst zuzuwenden heißt nicht, aufzugeben. Es heißt, dem eigenen Leben noch einmal zu begegnen und das mit offenem Herzen, mit aufrichtigem Blick und mit dem Wunsch, in Frieden zu gehen.

Vielleicht gibt es Worte, die nie gesagt wurden. Vielleicht Menschen, denen Du vergeben möchtest oder Dir selbst. Vielleicht ein Dank, den Du lange in Dir getragen hast, ohne ihn auszusprechen.

Diese Zeit ist heilig.
Sie schenkt Dir einen Raum, in dem Heilung geschehen kann.
Nicht durch große Gesten, sondern durch stilles Anerkennen.
Ein leises JA. Zu dem, was war. Und zu dem, was jetzt ist.

Vergebung bedeutet nicht, dass alles gut war. Es bedeutet, dass Du nicht mehr daran festhalten musst.

Dankbarkeit bedeutet nicht, dass alles leicht war. Es bedeutet, dass Du anerkennst, was Dein Herz berührt hat.

Und das stille JA bedeutet nicht, dass Du nichts mehr zu geben hättest. Es bedeutet, dass Du nun loslassen darfst; nicht aus Flucht, sondern aus Vertrauen.

Wer sich innerlich bereit macht, geht nicht einfach fort. Er oder sie übergibt das Leben mit offenen Händen. Und in dieser Geste liegt Tiefe, Würde und Frieden.

12.2 Was noch ausgesprochen werden möchte

Wenn der Übergang naht, verändert sich die Zeit und Worte wiegen mehr. Blicke sagen oft mehr als Sätze. Und manchmal reicht eine Berührung, um etwas auszusprechen, was lange in der Luft hing.

Viele Menschen spüren kurz vor dem Gehen, dass da noch etwas offen ist:
Ein Gespräch, das nie geführt wurde.
Ein Dank, der nie ausgesprochen wurde.
Ein „Ich liebe Dich", das sich nicht getraut hat, hörbar zu werden.

Jetzt ist der Moment, in dem diese Worte noch heilen können. Nicht alles muss perfekt sein. Doch das Herz weiß, was gesagt werden möchte. Es kennt die Sätze, die nicht für große Dramen stehen, sondern für echte Verbindung:

Ich sehe Dich.
Es tut mir leid.
Ich danke Dir.
Ich liebe Dich.

Manche dieser Gespräche fließen leise. Andere sind begleitet von Tränen und genau das ist gut so.
Denn Tränen reinigen nicht nur das Auge, sie öffnen das Herz. Sie tragen hinweg, was schwer war. Und machen Platz für das, was bleiben darf: Nähe. Erinnerung. Liebe.

Auch wenn der Körper schwächer wird, das Herz spricht weiter. Und selbst wenn Worte nicht mehr möglich sind, spüren andere Deine Präsenz. Was aus der Seele kommt, braucht keine Lautstärke.

Wenn Du weißt, dass Dein Weg bald weitergeht, frage Dich still: Gibt es etwas, das ich noch sagen möchte?

Und wenn Du es fühlst, sprich es aus oder schreibe es auf oder lege es in Deine Gedanken, damit es seinen Weg findet.

Denn selbst leise Worte können wie Segen wirken.
Für Dich. Und für die, die bleiben.

12.3 Was Du weitergeben kannst

Wenn sich das Leben dem Ende zuneigt, beginnt etwas anderes zu leuchten:
Nicht das Materielle, sondern das Wesentliche.
Nicht das, was Du hattest, sondern das, was Du warst.
Jetzt ist die Zeit, in der Du etwas zurücklassen darfst. Etwas von Dir. Etwas, das bleibt.

Es muss nichts Großes sein. Kein Besitz, keine Leistung.
Oft ist es ein Satz. Ein Wunsch. Ein Segen.
Ein kleiner Brief, der von Herzen kommt.
Ein Symbol, das für eine Verbindung steht.
Ein Wunsch für das Leben derer, die Du liebst.

Was weitergegeben wird, ist nicht immer sichtbar, aber spürbar. Denn die tieferen Geschenke des Lebens tragen keine Form. Sie tragen Schwingung, Erinnerung und Liebe.

Wenn Du magst, frage Dich:

- Gibt es jemanden, dem ich noch etwas sagen möchte?
- Möchte ich einen Segen aussprechen für meine Kinder, Partner, Freunde?
- Möchte ich einen Gegenstand weitergeben; nicht wegen seines Wertes, sondern wegen seiner Bedeutung?

- Möchte ich ein paar Zeilen schreiben, die später gelesen werden dürfen?

Was Du jetzt gibst, ist wie ein Samen:
Er wird vielleicht nicht sofort blühen, aber er bleibt. Im Herzen derer, die Dich kennen. Und im Feld, das Du hinterlässt.

Ein leiser Segen
Du musst nichts Großes hinterlassen,
kein Werk, kein Glanz, kein Stein im Licht.
Oft reicht ein Satz, ein leiser Segen
und etwas in der Seele spricht.

Das Sichtbare vergeht. Doch das, was Du geliebt hast und wie Du geliebt hast, bleibt lebendig.

12.4 Was Du loslassen darfst

Wenn der Übergang näher rückt, zeigt sich oft, was nicht fertig wurde:

Wege, die Du nicht gegangen bist.
Träume, die ungelebte Bilder blieben.
Worte, die ungesagt im Herzen ruhen.

Und doch: Es muss nicht alles vollendet sein.
Du bist nicht hier gewesen, um alles perfekt zu machen.
Du warst hier, um zu erfahren, zu lieben, zu wachsen – soweit Deine Seele es in diesem Leben konnte.

Nun ist die Zeit, liebevoll loszulassen:
Alte Rollen, die Du getragen hast. Erwartungen, die Du an Dich selbst gerichtet hast. Vergleiche, Zweifel und offene Fragen, auf die keine Antwort mehr kommen wird.

Du darfst Dich jetzt entbinden.
Von der Vorstellung, noch etwas „abschließen" zu müssen.
Der letzte Atemzug ist kein Versäumnis; er ist ein Vertrauen:
In das größere Ganze, das Dich ruft. In das Licht, das Dich trägt.

Loslassen heißt nicht aufgeben. Es heißt, mit offenem Herzen zu sagen:
„Ich habe mein Leben gelebt und nun bin ich bereit, weiterzugehen."

Und manchmal geschieht in genau diesem Moment etwas Heiliges: Was unvollendet war, wird still ganz. Nicht durch Tun, sondern durch Frieden.

Abschiedssegen

Ich lasse los, was nicht mehr zu mir gehört.
Alte Geschichten, schwere Gedanken, unerfüllte Wege.
Ich danke allem, was mich geformt hat.
Ich vergebe allem, was mich verletzt hat.
Ich segne alles, was mich begleitet hat.
Möge Licht mich führen.
Möge Liebe mich halten.
Möge Frieden mich heimbringen.
Jetzt und in Ewigkeit.

12.5 Die Kunst des bewussten Sterbens

Sterben ist nicht nur ein biologischer Prozess; es ist ein zutiefst spiritueller Übergang. Eine heilige Schwelle, über die die Seele geht, wenn ihre Zeit auf der Erde erfüllt ist. Wer diesen Moment bewusst erlebt oder begleitet, erfährt: Es ist kein Ende im dunklen Sinn. Es ist eine Rückkehr. Ein Heimgehen in das Licht, welches nie fern war.

Bewusst zu sterben heißt: Nicht im Widerstand, sondern in innerer Bereitschaft diesen letzten Schritt zu gehen. Es heißt, Frieden zu schließen: mit sich selbst, mit dem Leben, mit den offenen Fragen. Und es heißt, diesen Raum des Übergangs zu ehren, mit Würde, mit Liebe und mit Klarheit.

Was hilft in diesem Moment

Oft braucht es nicht viel, nur das Richtige. Kleine, feine Dinge können eine große Wirkung entfalten:

- **Lichtworte**, die an das erinnern, was bleibt: *"Du bist Licht. Du bist getragen. Du bist frei."*
- **Musik**, die die Seele beruhigt oder erhebt: Oft leise, sanfte Klänge, manchmal auch ein vertrautes Lied aus dem Leben.
- **Berührung**, die nicht hält, sondern begleitet. Eine Hand auf der Stirn, ein Halt am Arm oder ein Streicheln über das Haar.
- **Stille**, in der alles gesagt ist, ohne Worte.

Es ist nicht entscheidend, ob jemand sprechen kann oder nicht. Die Seele hört. Die Seele fühlt. Sie nimmt wahr, ob Liebe im Raum ist. Ob Frieden da ist. Und manchmal genügt das.

Den Raum vorbereiten
Ein bewusst gestalteter Raum kann helfen, den Übergang sanft zu gestalten. Das bedeutet nicht viel Aufwand, sondern vor allem Präsenz. Ein stiller, heller Raum. Eine Kerze. Ein Duft. Etwas, das der gehende Mensch geliebt hat. Vielleicht ein Gebet oder ein Satz, der ihn begleitet hat.

Doch am wichtigsten ist die innere Haltung:

- Sei nicht im Tun, sei im Dasein.
- Halte nicht fest, schenke Vertrauen.
- Greife nicht ein, öffne Dein Herz.

Denn der Tod nimmt nicht. Er ruft heim. Und wer dies begreift, hilft der Seele, in Frieden zu gehen:
getragen von Würde und umgeben von Liebe.

12.6 Drei Dinge, die noch wichtig sind

Manchmal braucht es nicht viel; nur drei ehrliche Impulse, die den Weg leichter machen.
Diese kleine Lichtliste kann helfen, sich still vorzubereiten, bewusst zu klären und in Liebe loszulassen:

- **Wen möchte ich noch einmal sehen oder sprechen?** Gibt es eine Begegnung, die noch heilt, ein Gespräch, das Frieden bringt?
- **Was möchte ich vergeben oder empfangen?** Gibt es etwas, das gehen darf oder etwas, das ich selbst annehmen möchte?
- **Was möchte ich noch sagen oder hinterlassen?** Ein Wort, ein Dank oder ein Zeichen. Etwas, das bleibt, wenn ich gehe.

Diese drei Fragen öffnen einen Raum. Nicht um alles perfekt zu machen, sondern um ganz da zu sein. Echt, offen, bereit.

Und wenn alles gesagt, vergeben, gehalten oder losgelassen ist, dann darf Stille einkehren.

Ein stilles inneres JA.

Nicht zu einem Ende, sondern zu einem tiefen Frieden,
der Dich begleitet über alle Schwellen hinaus.

Du bist geführt.
Du bist gehalten.
Du bist Licht.

Kapitel 13: Was nicht begriffen werden kann. Wenn Seelen früh gehen.

Am Ende dieses Buches, nach den Betrachtungen zum Übergang und dem Zurückbleiben, möchten wir noch ein stilles, aber tief bewegendes Thema berühren.

Für all jene, die mit dem frühen Weggang eines Kindes, eines jungen Menschen oder eines geliebten Wesens leben müssen und das ohne Erklärung, ohne Trost.

Es gibt Erfahrungen, für die keine Sprache ausreicht. Der Tod eines Kindes, der plötzliche Abschied eines geliebten Menschen mitten im Leben. All das lässt uns sprachlos zurück. Und vielleicht ist es gerade dieses Schweigen, das dem Heiligen am nächsten kommt.

Denn wie könnte ein Herz in Worte fassen, was es bedeutet, wenn ein Wesen, das noch lachen wollte, noch leben wollte, einfach nicht mehr da ist? Wenn ein leerer Platz am Tisch, ein stilles Zimmer, ein unerreichbarer Name zur täglichen Realität wird? Es ist, als würde die Zeit kurz anhalten, als würde das Leben selbst innehalten und den Atem verlieren.

In solchen Momenten spüren wir: Es gibt keine schnellen Antworten. Kein "Warum" tröstet, kein "Wird schon wieder" heilt. Und doch geschieht etwas in dieser Tiefe des Leids. Etwas, das sich nicht erzwingen lässt, aber das in der Stille wachsen kann: Verbindung. Erinnerung. Licht.

Dieses Kapitel ist kein Versuch, Erklärungen zu geben. Es ist eine Einladung, Raum zu halten für das Unerklärbare. Für das, was nicht begriffen werden kann, aber dennoch durchdringt. Für die Liebe, die bleibt, wenn der Körper geht. Für das Licht, das weiterleuchtet, auch wenn der Schatten größer scheint. Und für Dich, wenn Du zurückbleibst.

13.1 Die Seele geht ihren eigenen Weg

Nicht jede Reise ist lang und doch kann sie vollständig sein.

Wir versuchen oft, mit dem Verstand zu erfassen, warum ein Leben so früh endet. Warum ein Kind nur wenige Tage auf dieser Welt bleibt. Warum ein junger Mensch, voller Pläne, plötzlich gehen muss. Doch die Seele folgt keiner menschlichen Logik. Sie folgt einem inneren Ruf, einem Plan, den wir mit dem begrenzten Denken kaum verstehen; geschweige denn bewerten können.

Es gibt Seelen, deren Aufgabe nur darin bestand, kurz zu verweilen. Ein Licht zu setzen. Eine Verbindung zu berühren. Ein Erwachen auszulösen bei denen, die bleiben.

Diese Seelen haben ihre Aufgabe erfüllt, auch wenn uns ihr Gehen den Atem nimmt.

Doch gerade das macht es so schwer. Denn wer ein Kind verliert, einen jungen Menschen, eine geliebte Seele mitten im Leben, der will nicht nur Trost. Der will Antworten.

Wut kann aufsteigen: Warum? Warum jetzt? Warum so früh? Warum so sinnlos?

Auch Unverständnis mischt sich hinein: Wie kann etwas so Grausames einen höheren Sinn haben? Wie kann Liebe so wehtun?

Es ist nicht leicht, in diesem Schmerz Raum für spirituelle Antworten zu finden. Und doch: manchmal, ganz leise, beginnt etwas durchzuschimmern: Dass das Leben nicht immer in Jahren gemessen wird, sondern in Wirkung. In Berührung. In Tiefe.

Und dass manche Seelen mit einer solchen Klarheit kommen, dass selbst ein kurzer Aufenthalt auf dieser Welt alles verändern kann.

Das macht den Verlust nicht leichter. Aber vielleicht ein klein wenig begreifbarer.

Die Lebenslänge sagt nichts über die Tiefe einer Seele aus. Manche Seelen sind jung an Jahren und doch weise, still und leuchtend. Andere haben viele Jahrzehnte, aber ein leises inneres Fernbleiben. Der äußere Weg ist nicht der Maßstab. Der innere Weg ist es.

Ein kurzes Leben kann eine große Wirkung hinterlassen. Es kann Liebe in Bewegung setzen, alte Wunden aufbrechen, neue Verbindungen schaffen. Es kann stille Erkenntnis schenken. Oder eine innere Umkehr bewirken hin zum Wesentlichen.

So bleibt uns oft nur eines: In Demut zu akzeptieren, dass wir nicht alles begreifen müssen. Aber dass wir vertrauen dürfen: Die Seele kennt ihren Weg. Und sie geht ihn – immer geführt.

13.2 Wenn Kinder gehen, bevor sie das Leben wirklich beginnen

Es gibt kaum einen Schmerz, der so tief greift wie jener, den Eltern empfinden, wenn ihr Kind stirbt. Ein Leben, das noch nicht gelebt wurde. Eine Zukunft, die sich nie entfalten durfte. Ein Versprechen, das scheinbar gebrochen wurde.

Das unsagbare Leid der Eltern liegt jenseits aller Worte. Es zerreißt nicht nur das Herz, es stellt alles infrage: den Sinn, den Glauben und das Vertrauen ins Leben.

Wie kann etwas so Reines, so Unschuldiges, so sehr geliebt einfach wieder verschwinden?

Doch inmitten dieses Schmerzes existiert etwas, das sich nicht greifen, nicht erklären lässt: Die stille Kraft der Kinderseelen.

Sie kommen nicht immer, um ein langes Leben zu führen.

Manche kommen, um Liebe zu lehren.

Manche, um Heilung in eine Ahnenlinie zu bringen.

Manche, um Eltern aufzuwecken. Für ihre eigene Tiefe, ihren wahren Lebensweg.

Auch wenn es für die liebende Familie unverständlich, sinnlos und schrecklich ist, kann ein kurzes Leben tiefe Vollkommenheit enthalten.

Es muss nicht „vollendet" sein, um tief gewirkt zu haben.

Und obwohl kein Wort wirklich tröstet, gibt es einen Trost jenseits des Verstandes:

Die Verbindung zur Seele bleibt. Liebe endet nicht mit dem Tod. Sie wandelt sich in eine andere Form von Nähe.

Und vielleicht – irgendwann – wenn der Schmerz leiser geworden ist und die Tränen getrocknet sind, bleibt eine leise Ahnung zurück:

Dass diese kleine Seele, die so früh ging, etwas Großes hinterlassen hat. Nicht durch Jahre. Sondern durch Berührung.

Sie war da. Kurz, aber nicht umsonst. Und in einem stillen Winkel des Herzens leuchtet ihr Licht weiter.

13.3 Wenn Menschen gehen, die mitten im Leben standen

Es gibt Verluste, die wie ein Blitz einschlagen:

Ein geliebter Mensch, voller Pläne, voller Verantwortung, voller Leben ist plötzlich nicht mehr da.

Familie, Beruf, Freundeskreis all das scheint haltlos, leer und erschüttert.

Da war doch jemand, der gebraucht wurde. Der eine Lücke füllt, die niemand anderes in dieser Form füllen kann.

Und mit einem Moment ist alles anders. Wie ein Film, der abbricht, ohne sein Ende zu zeigen.

Was bleibt, sind Fragen; viele Fragen.

„Warum?"

„Weshalb jetzt?"

„War es wirklich seine oder ihre Zeit?"

Zurück bleiben oft mehr als Trauer: Schuldgefühle unausgesprochen, quälend und bohrend.

Wut auf das Leben, auf das Schicksal, auf den der gegangen ist und auf sich selbst.

Sprachlosigkeit, weil Worte nicht mehr weiterhelfen. Weil nichts davon wirklich tröstet.

Wir, die Ärzte des Lichts betonen aber immer wieder: Die Seele, die ging, ist nicht fort.

Ihr Körper ist gegangen, ja. Doch ihr Licht ist nicht verlöscht.

Denn Licht stirbt nicht. Es wandelt sich. Es bleibt.

In Träumen, in Zeichen, in den Gesten, die wir plötzlich wiederholen, im Geruch eines Kleidungsstücks, in der Musik, die wir früher gemeinsam gehört haben.

Es bleibt im Herzen, dort, wo echte Liebe niemals stirbt.

Und manchmal, ganz still und unverhofft spüren wir sie:

eine Präsenz, ein Hauch und einen kurzen Moment von Frieden mitten im Chaos.

Was genommen wurde, was übergegangen ist, wird nicht zurückkehren in der alten Form. Aber es kann in neuer Weise wieder auftauchen: als Kraft. Als liebevolle Erinnerung. Als Vertrauen, das aus der Tiefe kommt.

Denn das Sichtbare endet. Aber das Unsichtbare beginnt. Und so darf die Seele weiterwirken. Durch Dich, durch Deine Liebe und durch Dein inneres Wachstum.

Sie bleibt nicht fern. Sie geht nur voraus.

13.4 Worin liegt die Aufgabe der Hinterbliebenen?

Wenn ein geliebter Mensch geht, viel zu früh, unerwartet oder mitten aus dem Leben, bleiben die Zurückbleibenden oft mit einer Frage zurück: *Wie soll ich weitermachen?*

Die Antwort darauf ist **kein** klares „So musst Du es tun", sondern ein stilles, liebevolles Angebot: **Du darfst weiterleben.**

Nicht, um den Verlust zu verdrängen. Nicht, um zu funktionieren. Sondern, um **die Liebe zu verwandeln**, die noch in Dir lebt. Deine Aufgabe ist es nicht, den Platz des Gegangenen zu füllen, sondern ihn zu **ehren.**

Indem du Dich erinnerst. Indem Du sein Licht in Deinem Herzen trägst.

Indem Du den Faden der Verbindung weiter webst, auf Deine Weise.

Manchmal zeigt sich diese Aufgabe in den kleinsten Dingen:

Ein Blick zum Himmel. Ein gesprochener Gedanke. Ein stiller Dank am Morgen.

Der Schmerz darf da sein. Auch die Wut. Auch das Unverständnis.

Aber unter allem liegt eine andere Kraft: **die der Wandlung.**

Die Seele, die gegangen ist, ist nicht verloren. Sie hat nur den Ort gewechselt und begleitet Dich jetzt aus einer anderen Ebene. Vielleicht feiner, leiser, aber nicht weniger stark.

Du darfst lieben, Du darfst trauern, Du darfst hoffen. Alles darf gleichzeitig sein.

Denn das Leben ist größer als unser Verstand, und es führt Dich weiter, **nicht fort von dem Menschen**, sondern **mit ihm in einer neuen Form** der Nähe.

Heilsatz für Zurückbleibende:

Ich trage Dein Licht in meinem Leben weiter.

Nicht in Schuld, sondern in Liebe.

Nicht im Schatten, sondern im Vertrauen.

Du bist gegangen, aber ich bleibe verbunden.

Und ich gehe weiter in Deinem Sinn.

13.5 Ein heilender Blick aus der geistigen Perspektive

Der Verlust eines geliebten Menschen hinterlässt eine Lücke, welche manchmal so groß ist, dass kein Wort sie füllen kann. Doch aus der Sicht der geistigen Welt ist der Tod kein Ende, sondern eine Wandlung. Das Band zwischen den Seelen wird nicht durchschnitten; es verändert nur seine Form. Wer gegangen ist, bleibt verbunden. Anders, aber nicht weniger real.

Die Liebe zwischen Seelen ist nicht an Raum und Zeit gebunden. Wenn zwei Wesen sich auf Seelenebene begegnet sind, bleibt diese Verbindung bestehen und das selbst über den Tod hinaus. Oft spüren die Hinterbliebenen noch lange die Nähe des Gegangenen: als sanfte Präsenz, als innere Stimme und als stille Führung. Diese Verbindung ist kein Zeichen des Festhaltens, sondern ein lebendiger Ausdruck von Verbundenheit, die weit über das Irdische hinausreicht.

Was im Außen getrennt scheint, bleibt im Licht vereint.

Viele Menschen erleben nach dem Tod eines geliebten Menschen kleine oder große Zeichen: Ein bestimmtes Lied im genau richtigen Moment. Ein Tier, das plötzlich auftaucht und einen Blick sendet. Ein Traum, in dem der Verstorbene erscheint: friedlich, lächelnd und weise.

Solche Erlebnisse sind keine Zufälle. Es sind Berührungen aus einer anderen Ebene, Botschaften der geistigen Welt. Sie dienen nicht nur der Beruhigung, sondern der Erinnerung: Die Verbindung besteht weiter. Wer gegangen ist, kann auf feinstofflicher Ebene kommunizieren. Wenn wir bereit sind, mit dem Herzen zu hören.

Diese Begegnungen schenken Trost; nicht, weil sie den Verlust rückgängig machen, jedoch zeigen sie: Es ist noch etwas da. Ein Raum der Nähe. Eine stille Brücke aus Licht.

In der geistigen Welt hat jede Seele ihren Platz und das unabhängig von ihrer Lebenslänge oder dem Zeitpunkt ihres Übergangs. Wer gegangen ist, ist nicht „weg". Die Seele ist weitergereist. Sie ist nicht verloren, sondern gewandelt. Und das Licht, das sie war, bleibt als Erinnerung in uns; nicht als Last, sondern als leuchtende Kraft.

In Momenten tiefer Trauer kann es heilsam sein, sich diesen Platz vorzustellen: Ein leuchtender Raum, voller Frieden und

Stille. Dort ist die Seele gut aufgehoben. Dort kann sie wachsen, ruhen, heilen und uns manchmal einen Impuls senden. Nicht mehr als Mensch in unserem Leben, aber als Licht in unserem Feld.

Und so bleibt etwas bestehen: zart, aber kraftvoll:

Eine unsichtbare Nähe. Ein Raum, in dem Liebe weiterfließt.

Ein heiliger Ort, wo Seelen sich begegnen und das auch über den Tod hinaus

Was nicht begriffen werden kann, darf getragen werden

Es gibt Erfahrungen, die entziehen sich unserem Verstehen.

In solchen Momenten gilt es nicht, stark zu sein. Kein Mensch muss Stärke beweisen, wenn das Herz schmerzt. Es reicht, zu fühlen. Zu weinen. Zu schweigen. Und sich tragen zu lassen: vom Leben, von der Liebe und von einer Kraft, die größer ist als unser Verstand.

Denn das Licht, das uns durch einen anderen Menschen berührt hat, geht nicht verloren. Es wandelt nur die Form. Was einst durch Worte, Nähe und Berührung zu uns kam, wirkt nun in Erinnerung, Intuition und innerem Licht weiter.

Es gibt Trost jenseits der Worte und Liebe, welche keinen Anfang und kein Ende kennt.

Vielleicht können wir nicht begreifen, warum eine Seele geht, bevor das Leben voll gelebt wurde. Aber wir können fühlen, dass sie nicht verloren ist, jedoch weiterwirkt. In uns. Für uns. Mit uns.

Und so bleibt uns nichts anderes, als still zu sagen:

Ich trage Dich in meinem Herzen. Nicht im Schmerz, im Licht.

Ein Gebet für die, welche früh gegangen sind

Geliebte Seele,

Dein Weg war kurz und doch voller Bedeutung. Du hast Licht gebracht, ohne viele Worte. Du hast berührt, ohne lange zu bleiben.

Ich lasse Dich gehen. Nicht aus dem Herzen, sondern aus dem Schmerz. Ich halte nichts fest, was frei sein will.

Und ich danke Dir für das, was Du mir gezeigt hast, allein durch Dein Sein.

Du bist im Licht. Und in mir bleibt ewige Liebe.

Kapitel 14: Die große Erinnerung

Wer Du in Wahrheit bist: Jenseits von Körper, Zeit und Tod

Es gibt einen Teil in Dir, der nie verletzt wurde. Nie gefallen ist. Nie vergessen wurde.

Einen Teil, der nicht geboren wurde und auch nicht sterben kann. Dieses Wesen in Dir ist älter als jede Zeit und zugleich immer neu.

Wenn alles andere fällt, d. h. der Körper, die Rolle, das Leben selbst, bleibt dieses Eine: Dein Licht. Deine Seele. Dein wahres Selbst.

Wir nennen es „Erinnerung“, weil es nie ganz weg war. Du hast es nur nicht mehr gehört, nicht mehr gespürt. Verhüllt von Gedanken, Mustern und Zweifeln.
Doch jetzt mit jedem Moment bewusster Präsenz, beginnt es wieder zu flüstern: „Ich bin da. Ich war immer da.“

Der Tod reißt nichts fort, was wirklich Du bist. Er nimmt Dir nicht Deine Würde, nicht Dein Licht, nicht Deine Wahrheit.
Er ist nur ein Schritt hinaus aus der Dichte und zurück in die Weite.
Und dort, in dieser Weite, erkennst Du: Du warst nie getrennt.

Du warst immer verbunden. Mit dem Leben. Mit anderen Seelen. Mit dem Ursprung und mit Dir selbst. Diese große Erinnerung ist kein Wissen im Kopf, allerdings ein Erwachen im Herzen.
Du brauchst keine Bücher, keine Lehre, keine Erlaubnis. Du benötigst nur Stille. Präsenz. Und das ehrliche innere JA.

Wenn Du Dich erinnerst, wer Du bist, brauchst Du keine Angst mehr vor dem Tod. Denn dann begreifst Du: Du bist das Leben selbst und das durch alle Zeiten.

14.1 Du bist nicht das, was vergeht

Wenn der Körper schweigt, ist nicht alles vorbei. Wenn der Atem aussetzt, ist nicht alles verloren. Was wir sterben nennen, ist das Fallen der Hülle und nicht das Verlöschen des Lichts.

Denn das, was Du wirklich bist, vergeht nicht. Dein wahres Sein ist nicht gebunden an Muskeln, Knochen oder Haut. Es ist nicht begrenzt durch Namen oder Alter, nicht gefesselt an Zeit oder Raum.

Du bist Bewusstsein. Du bist Gegenwart. Du bist ein Funke des Ursprungs und getragen durch Welten.

Der Körper ist Dein Zuhause auf Zeit: wertvoll, notwendig und geliebt.
Doch er ist nicht das Ende, wenn er stirbt. Der Körper ist der Mantel, den Du ablegst, wenn Deine Seele sich erinnert, dass sie mehr ist als ein Leben, mehr als eine Rolle, mehr als ein Jetzt.

Wenn der Tod kommt, nimmt er Dir nichts Wesentliches.
Er nimmt Dir nicht Deine Liebe, nicht Deine Wahrheit, nicht Dein inneres Licht. Er nimmt Dir nicht die Verbindung zu denen, die Du geliebt hast. Denn alles, was auf Seelenebene gewachsen ist, bleibt bestehen.

Und wenn Du in diesen Tagen einmal innehältst und nach innen lauschst, ganz tief und ganz still, dann wirst Du es spüren: Etwas in Dir lebt jenseits aller Veränderung. Es ist Deine Essenz. Unvergänglich. Unversehrt. Ewig.

14.2 Die Illusion der Trennung

Du fühlst Dich manchmal allein. Getrennt vom Leben, von anderen oder vielleicht sogar von Dir selbst. Doch diese Trennung ist nicht die Wahrheit, sie ist ein Schleier. Eine Erfahrung. Nicht wer Du bist, sondern wie Du Dich zeitweise erlebst.

Denn in Wahrheit warst Du nie getrennt. Nicht von der Quelle, nicht von denen, die vor Dir gingen, nicht von jenen, die Du liebst und nicht von Deinem inneren Licht.

Das Lichtfeld, das Dich durchströmt, ist nicht sichtbar für das Auge, aber spürbar für die Seele. Es ist wie ein leiser Strom von Wärme, Klarheit und Verbundenheit.
Du bist darin gehalten, selbst wenn Du zweifelst. Du bist darin getragen, selbst wenn Du fällst.

Alles lebt miteinander. Nicht nebeneinander, sondern miteinander.
Jede Begegnung, jede Erinnerung, jedes Gefühl ist eingebettet in dieses größere Ganze.

Die Illusion der Trennung beginnt zu schwinden, wenn Du Dich erinnerst:
Ich bin Teil des Lebens.
Ich bin Teil des Lichts.
Ich bin verbunden mit allem, was war, ist und sein wird.
Du bist niemals allein. Nicht in der Trauer, nicht im Wandel, nicht im Sterben. Und auch nicht im Leben. Denn das Licht, aus dem Du kommst, ist immer mit Dir gewesen.

Rückverbindung ist kein Schritt ins Neue, es ist ein Heimkommen in das, was immer war.

14.3 Das wahre Selbst erinnern

Du bist nicht nur das, was Du tust oder getan hast. Nicht nur das, was andere in Dir sehen oder erwarten. Dein wahres Selbst liegt tiefer unter all den Rollen, Masken und Erfahrungen. Es ist still. Es ist klar. Es ist unversehrt.

Dieses Selbst kennt keine Angst vor dem Ende, denn es weiß, dass es nie wirklich begonnen hat. Es war immer und wird immer sein.

Du bist eine Frequenz, eine Seelensignatur, ein Lichtklang. Einmalig und zugleich verbunden mit allem.
Deine Seele erinnert sich an Dich, selbst wenn Du es gerade nicht kannst. Sie trägt den Plan, das Wissen, die Liebe, die Du in dieses Leben mitgebracht hast. Und sie ruft Dich. Immer wieder. Leise, aber deutlich.

Wenn Du innehältst, wenn Du aus dem Tun in das Sein gleitest, wenn Du beginnst zu lauschen statt zu suchen, dann beginnt sie durchzuleuchten.

Du erinnerst Dich nicht an etwas Neues. Du erinnerst Dich an Dich.
Und in diesem Moment kehrt Frieden ein. Klarheit. Wärme. Und ein tiefes Wissen: Ich bin. Und das genügt.

14.4 Die stille Wahrheit Deines Wesens

Du bist kein Zufall. Kein Produkt der Umstände. Du bist Licht in Bewegung. Liebe in Form. Bewusstsein auf einer Reise.

Tief in Dir liegt eine Wahrheit, die keine Worte braucht. Sie spricht nicht laut, sie ruft nicht mit Druck, sie wartet in der Stille. Im Raum zwischen zwei Atemzügen. Im Moment, wenn Du nichts willst, sondern einfach bist.
Diese Wahrheit hat Dich nie verlassen. Auch wenn Du gezweifelt, Dich verloren oder vergessen hast; sie war da. Unverändert und unberührt.

Sie ist nicht etwas, das Du erreichen musst. Nicht etwas, das Du Dir verdienen kannst. Sie ist das, was Du in Deinem Innersten schon immer warst.

Wenn Du Dich erinnerst, beginnt etwas in Dir zu schwingen wie ein alter Klang, der lange verborgen war und nun wieder hörbar wird.

Du beginnst zu sehen: Deine Verletzungen haben Dich nicht zerstört. Deine Wege haben Dich nicht vom Ziel entfernt. Sie waren Teil der Erinnerung. Teil der Rückkehr.

Und mit jedem Schritt ins Bewusstsein beginnt Dein Licht, still zu leuchten, nicht für die Welt da draußen, sondern für Dich.

Du bist da. Ganz. Jetzt.

14.5 Du bist geführt und verbunden

Auch wenn es Zeiten gibt, in denen Du Dich verlassen fühlst. Du warst nie allein. Eine tiefe Führung begleitet Dich seit Anbeginn. Still. Geduldig. Beständig.

Es ist die Stimme Deiner Seele, die manchmal wie ein Flüstern klingt, manchmal wie ein inneres Wissen und manchmal einfach nur wie ein Gefühl, dass „etwas stimmt" oder „nicht stimmt".
Diese Führung ist keine Kontrolle. Sie ist ein Einladen und kein Zwingen. Ein Erinnern, kein Vorschreiben.

Du bist eingebunden in ein größeres Feld, verbunden mit der Lichtquelle, aus der alles entsteht, geführt von geistigen Begleitern, von Seelen, die Dich lieben und von einer Weisheit, die größer ist als jede Logik.

Auch wenn der Verstand zweifelt, die Seele weiß. Auch wenn Du nichts „siehst", bist Du verbunden.

Führung zeigt sich oft im Rückblick: im scheinbar zufälligen Treffen, in der einen Entscheidung, im Moment des Innehaltens, der später alles verändert hat.

Du darfst vertrauen:
Die Verbindung ist da. Sie war nie unterbrochen. Nicht durch Fehler, nicht durch Schwäche und nicht durch Umwege.

Du bist eingebettet in einen Strom von Licht, der Dich trägt, erinnert und liebt. Und jedes bewusste Ja von Dir macht ihn spürbarer.
Du bist nicht allein. Du bist geführt. Du bist verbunden: jetzt und immer.

14.6 Das Licht in Dir leuchtet weiter

Auch wenn Dein Körper vergeht. Dein Licht wird immer bleiben. Deine Präsenz, Deine Liebe und Deine gelebte Wahrheit wirken weiter über die sichtbare Welt hinaus.

Jeder Moment, in dem Du echt warst. Jeder Blick voller Mitgefühl. Jedes Wort, das aus Liebe kam. Sie sind nicht verloren. Sie wirken wie Wellen: leise, weit und unaufhaltsam.

Du wirst für andere zu einem Feld der Erinnerung:
an Liebe, an Klarheit, an Mut, an Menschlichkeit und an das, was wesentlich ist. Dein Licht berührt, selbst dann, wenn Du längst nicht mehr da zu sein scheinst.

Denn Licht vergeht nicht. Es wandelt sich. Es verbindet sich. Es erinnert.
Vielleicht wirst Du nicht in Büchern genannt. Vielleicht kennt die Welt Deinen Namen nicht. Doch für jene, die Dich berührt haben, bleibt etwas: fühlbar, still und lebendig.

Du bist Teil des großen Ganzen. Teil einer Bewegung von Bewusstsein, die nicht mit dem Tod endet, sondern sich fortsetzt im Unsichtbaren, im Inneren und im Weiterwirken.

Dein Licht war nie an Deinen Körper gebunden. Es ist Ausdruck Deiner Seele, und diese Seele ist ewig.

Lebendig. Liebend. Leuchtend.

Auch über das Leben hinaus.

Abschlussworte der Ärzte des Lichts. Eine Botschaft an Dich.

Du hast diese Seiten nicht nur gelesen. Du hast sie durchschritten. Vielleicht mit Tränen, vielleicht mit Staunen, vielleicht auch mit einer leisen Ahnung: Etwas in Dir hat sich erinnert.

Wir nennen uns Ärzte des Lichts, doch wir sind keine Retter.
Wir erinnern Dich an das, was in Dir schon heil ist.
Wir führen nicht, wir begleiten. Wir greifen nicht ein, wir öffnen.

Unser Wirken ist nicht laut, aber es ist nah. Nicht sichtbar für das Auge, doch fühlbar für das Herz.

Wenn Du gehst, dann geh nicht mit mehr Wissen, sondern mit mehr Verbindung zu Dir selbst.

Der dem Leben und dem Tod nicht mehr ausweicht, jedoch sich dem Ganzen zuwendet und das mit offenem Herzen.

Denn das ist unsere letzte Botschaft an Dich:

Du bist nicht allein.
Du warst es nie.
Und Du wirst es nie sein.
Du bist Teil eines großen Gewebes aus Licht, Erinnerung und Liebe. Lebe bewusst. Liebe tief. Lass los, was Dich nicht mehr nährt.
Vertraue, auch wenn Du den Weg noch nicht siehst.

Wir sind da. Still. Wach. Bereit, Dich zu stärken in diesem Leben und darüber hinaus.

Im Licht, das Dich trägt.
In Liebe, die Dich ruft.
In Wahrheit, die Dich heilt.

Deine Ärzte des Lichts

Epilog

Der Tod ist nicht nur eine spirituelle Erfahrung, er ist auch Gegenstand ernsthafter Forschung und tiefen menschlichen Fragens.
Und genau in dieser Schnittstelle, zwischen Wissenschaft und Seele, öffnen sich Räume neuer Erkenntnis.

Elisabeth Kübler-Ross, Pionierin der Sterbeforschung, hat der Welt gezeigt, dass Sterbende nicht nur gehen, sie lehren uns.
Sie hat uns eingeladen, nicht den Tod zu fürchten, sondern den Umgang mit ihm zu heilen. Ihre Arbeit war keine Flucht in Metaphysik, sondern ein mutiger Blick in die Wahrheit unserer Vergänglichkeit und eine tiefe Verbeugung vor dem Menschsein.

Dr. Pim van Lommel, Kardiologe und Nahtod-Forscher, hat mit seiner Forschung ein Fenster geöffnet:
„In zahllosen Berichten von Nahtoderfahrungen zeigen sich erstaunliche Übereinstimmungen: Erinnerungen, Erlebnisse, Begegnungen, die nicht einfach „Halluzination" sind, sondern Hinweise auf ein fortbestehendes Bewusstsein jenseits des Körpers."

Und auch **Dr. Raymond A. Moody**, Begründer der modernen Nahtodforschung, kam zu einer ähnlichen Erkenntnis:
Menschen, die dem Tod begegneten und zurückkehrten, berichten nicht vom Ende, sondern vom Anfang. Vom Licht. Von Liebe. Von einem tiefen Gefühl bedingungsloser Annahme.
„Ich weiß nicht, was der Tod ist", sagte Moody, „aber ich weiß, dass viele, die ihm begegnet sind, mit mehr Leben zurückgekommen sind."

Es ist keine Fantasie mehr; es ist eine Erfahrung, die viele teilen.
Und doch bleibt es immer auch eine Entscheidung:
Willst Du Dich für diese Wirklichkeit öffnen?
Willst Du zulassen, dass Du nicht allein bist?

Denn niemand geht allein. Aber nicht jede Seele nimmt die ausgestreckte Hand an. Führung ist immer da, doch sie wirkt erst, wenn wir sie einladen.
Ob Du an Engel glaubst, an Lichtwesen, an eine Seele oder nur an die Stille, spielt weniger eine Rolle, als Du denkst.
Was zählt, ist Deine Bereitschaft zu vertrauen.
Nicht blind – aber offen.
Nicht naiv – aber empfänglich.

Die Wahrheit ist: Du wirst gehalten. Du bist begleitet. Du bist eingebunden in ein größeres Feld und das von Anfang an.

Die Wissenschaft beginnt zu erfassen, was die Seele längst weiß. Und vielleicht führt nicht der Beweis zum Vertrauen, sondern das Vertrauen öffnet Dich für ein tieferes Verstehen.

Der Tod ist kein Widerspruch zum Leben. Er ist ein Teil davon. Und Du bist Teil von etwas, das nie endet.

In Dankbarkeit und Liebe
Christian Teubert

Über den Autor:

Christian Teubert ist Autor und zugleich Überbringer der Botschaften der Ärzte des Lichts. In tiefer Verbindung mit dieser geistigen Quelle entstehen Texte, die aus einer stillen Zusammenarbeit mit der geistigen Welt heraus geschrieben wurden.

Christian begleitet die Entstehung dieser Texte als Kanal und Übersetzer der Ärzte des Lichts. Seine Aufgabe sieht er darin, die empfangenen Worte in eine verständliche und menschlich greifbare Sprache zu übertragen.

Nach dem ersten gemeinsamen Werk „Erinnere Dich – Das Heilbuch der Ärzte des Lichts“ ist dieses Buch ein weiterer Ausdruck dieser Zusammenarbeit. Es widmet sich dem Übergang, dem Licht dahinter und der Wahrheit, dass Liebe immer bleibt.

Impressum:

Titel: Und dann beginnt das Licht – Was wir Tod nennen, ist ein Heimweg.

Autor & inhaltlich verantwortlich: Christian Teubert

Mitwirkung (inspirativ): Die Ärzte des Lichts

E-Mail: kontakt@aerztedeslichts.de

Internet: www.aerztedeslichts.de

Telegram: t.me/aerztedeslichts

Instagram: die_aerzte_des_lichts

Weiterhin finden Sie die Bücher der Ärzte des Lichts im Audioformat u. a. auf der Plattform Spotify (https://open.spotify.com/).

Wichtiger rechtlicher Hinweis
Dieses Buch ersetzt keine ärztliche oder therapeutische Diagnose, Behandlung oder Beratung.
Die Inhalte dienen der persönlichen Inspiration, Bewusstseinsentwicklung und spirituellen Selbsterfahrung.
Es werden keine Heilversprechen abgegeben.

Bei körperlichen oder psychischen Beschwerden wende Dich bitte an eine approbierte Ärztin oder einen approbierten Arzt, eine Heilpraktikerin, einen Heilpraktiker oder eine medizinisch qualifizierte Fachperson.

Die Anwendung der beschriebenen Impulse, Meditationen, Visualisierungen oder energetischen Hinweise erfolgt in eigener Verantwortung.

Autor und Herausgeber übernehmen keinerlei Haftung für eventuelle Folgen der Anwendung.

FSC
www.fsc.org
MIX
Papier | Fördert
gute Waldnutzung
FSC® C083411

Zeitfracht Medien GmbH
Ferdinand-Jühlke-Straße 7
99095 Erfurt, Deutschland
produktsicherheit@kolibri360.de

Druck:
CPI Druckdienstleistungen GmbH
im Auftrag der
Zeitfracht Medien GmbH
Ein Unternehmen der Zeitfracht - Gruppe
Ferdinand-Jühlke-Str. 7
99095 Erfurt